Barbara Rath

Voll
HORST!

Ein **halbes Drama**, ein **ganzer Roman**,
zwei aufeinanderprallende **Generationen**,
drei Rezepte und
reichlich Schimpfworte für Fortgeschrittene

Zu diesem Taschenbuch sind folgende Materialien erhältlich:
• Literaturprojekt zu **„Vollhorst!"** (Best.-Nr. LP93, ISBN 978-3-86740-252-1)

Im BVK Buch Verlag Kempen sind weitere **Minibücher / Taschenbücher** von Barbara Rath erschienen:
• **„Der Fall Samson"** (Best.-Nr. LI21, ISBN 978-3-86740-028-2)
• **„Der Fall Trillerpfeife"** (Best.-Nr. LI29, ISBN 978-3-938458-85-3)

• **„Der Gurkenvampir"** (Best.-Nr. LI25, ISBN 978-3-86740-032-9)
• **„Der Rosenkohlpirat"** (Best.-Nr. LI24, ISBN 978-3-86740-031-2)
• **„Die tibetanische Rennschnecke"** (Best.-Nr. LI08, ISBN 978-3-936577-87-7)

Bibliografische Information der Deutschen Bibliothek
Die Deutsche Bibliothek verzeichnet diese Publikation in der Deutschen Nationalbibliografie; detaillierte bibliografische Daten sind im Internet über http://dnb.ddb.de abrufbar.

www.buchverlagkempen.de

6. Auflage, Kempen 2017
© 2011 BVK Buch Verlag Kempen GmbH, Kempen

Nach der neuen deutschen Rechtschreibung

Alle Rechte dieser Ausgabe vorbehalten durch
BVK Buch Verlag Kempen GmbH

Lektorat: Sandy Willems-van der Gieth, BVK
Umschlaggestaltung: Christine Anuschewski, BVK, unter Verwendung des Bildes:
© Prill Mediendesign & Fotografie – iStockphoto.com
Gestaltung: Christine Anuschewski, BVK
Fotos: S. 5: © alexander heuberger – iStockphoto.com, © Prill Mediendesign & Fotografie – iStockphoto.com; S. 7: © Bernd_Leitner – Fotolia.com; S. 10: © Frances Twitty – iStockphoto.com; S. 19: © Michael Löffler – iStockphoto.com; S. 27: © Marc Dietrich – Fotolia.com; S. 34: © Paige Falk – iStockphoto.com; S. 40: © Lasse Kristensen – Fotolia.com; S. 53: © Gerhard Wanzenböck – Fotolia.com; S. 63: © Olga Nayashkova – Fotolia.com; S. 71: © VRD – Fotolia.com; S. 78: © Alexander Kania – Fotolia.com; S. 90: © harson – Fotolia.com; S. 94: © Lorelyn Medina – Fotolia.com; S. 107: © Chris Hart – Fotolia.com
Druck / Bindung: GrafikMediaProduktionsmanagement GmbH, D-Köln

Printed in Europe

Best.-Nr.: LI53, ISBN 978-3-86740-261-3

Bücherwürmer wissen mehr

Dieses Projekt zur Lese-Verständnis-Förderung von
Rotary International und Inner Wheel wird von den
Rotary-Clubs und den Inner Wheel-Clubs in den
deutschen Distrikten finanziert.

Für _____

Toll, dass du mitgemacht hast!
Und was liest du jetzt?

Rotary ist eine Organisation aus führenden
Geschäfts- und Berufsleuten, die sich dem
Dienste am Mitmenschen widmen, hohe ethische
Grundsätze in allen Berufen fördern und für
die Verbreitung des guten Willens und des
Friedens in der Welt wirken.

Das Projekt wird außerdem
unterstützt vom
BVK Buch Verlag Kempen.

[Inhaltsverzeichnis]

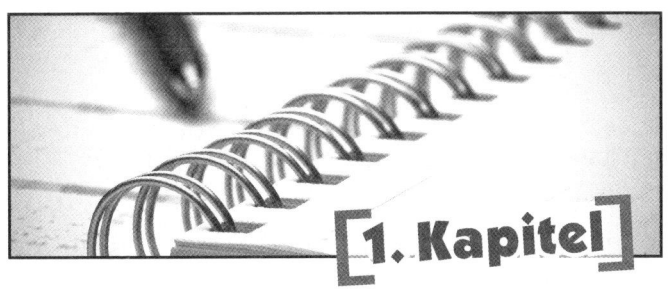

1. Kapitel

Ich weiß gar nicht, wie ich anfangen soll: Heute Morgen war meine Welt noch total in Ordnung. Jetzt ist alles ein Chaos.

Meine Mutter ist heute früh gleichzeitig mit mir aus dem Haus gegangen, weil sie auf eine kurze Dienstreise nach Hannover musste. Wir haben uns vor der Haustür voneinander verabschiedet, wie immer. Und ich bin zur Schule marschiert, auch wie immer. Ich hatte gute Laune, denn am nächsten Tag sollte es Zeugnisse und vor allem Sommerferien geben!

Und jetzt, nur ein paar Stunden später, sitz' ich plötzlich in einem winzigen Zimmer bei meinem Großonkel, den ich bis heute gar nicht kannte. Ich kann den alten Knacker nicht ausstehen! Wahrscheinlich versucht er, mich verhungern zu lassen! Zum Mittagessen gab es Linsensuppe. Wer isst schon so was?

Dann hat er mich in dieses Zimmer geschickt, in dem ich jetzt hocke, und total unfreundlich gesagt: „Nur weil du jetzt eine Weile hier wohnst, muss ich ja nicht plötzlich meine Gewohnheiten ändern. Jetzt ist Mittagszeit.

Das heißt: Mittagsruhe von nun an bis drei Uhr. Ich will nichts von dir sehen oder hören."

Ich hab' Angst – um meine Mutter und um mich.
Und ich langweile mich zu Tode. Was soll ich in diesem winzigen Zimmer schon machen? Kein PC, kein Fernseher, nicht einmal ein Radio gibt es hier. Nur Bücherregale, einen Schreibtisch und das Sofa, auf dem ich ab heute schlafen soll.
Soll ich einfach abhauen und zur Polizei gehen? Dann komme ich wahrscheinlich in ein Kinderheim, und zwar so lange, bis es meiner Mutter wieder besser geht. *Wenn* sie sich erholt …
Allerdings, nachdem ich mal „Oliver Twist" im Fernsehen gesehen habe, hab' ich eigentlich keine Lust auf ein Kinderheim!
Ich muss diese Zeit bei meinem irren Großonkel wohl irgendwie aushalten.

Aber das heißt ja nicht, dass ich mich nicht dagegen wehren kann, dass er sich total daneben aufführt. Vielleicht kann ich mich heute noch nicht wehren, aber später. Deshalb hab' ich mir jetzt meinen Block genommen. Ich kann ja aufschreiben, was der alte Knacker alles anstellt, und wie schrecklich er sich benimmt. Der weiß nämlich nicht, wie gut ich mir Wort für Wort merken kann, was andere so sagen. Meine Mutter meint immer, es wär' gar nicht so einfach mit mir, weil ich noch ein paar Stunden später genau wiederholen kann, was jemand gesprochen hat. *Zitieren* nennt sie das. Richtig zitieren können ist vor Gericht wichtig. Das weiß ich aus dem Fernsehen.

Ich werde also meine Beweise gegen meinen Großonkel ganz genau aufschreiben, mit Datum und so. Ich werde ihn zitieren. Es sind schon Verbrecher von Richtern freigesprochen worden, nur weil sich hinterher keiner mehr so genau erinnern konnte, wann sie zum Beispiel geklaut haben. Das hat mir meine Mutter mal aus der Zeitung vorgelesen. Aber wenn ich richtig zitiere und alles aufschreibe, was sich ereignet, dann hat mein Großonkel vor Gericht keine Chance!
Ich hab' sowieso nichts Besseres zu tun. Mein Großonkel zwingt mich ja fast dazu, aufzuschreiben, was passiert, wenn er mir so eine blöde Mittagsruhe befiehlt.

Am besten, ich fange wirklich am Anfang an. Das war nämlich so …

2. Kapitel

Dienstagmorgen, 12. Juli

Ich heiße Benedikt Kammer, aber alle nennen mich Ben. Normalerweise wohne ich in der Steinstraße 11. Aber jetzt bin ich gezwungen worden, in die Pappelallee 17 umzuziehen, und wohne nicht mehr bei meiner Mutter, sondern bei meinem Großonkel Horst. Horst Kammer.

Bis heute Morgen war meine Welt noch total in Ordnung. Ich ging in die vierte Klasse der Astrid-Lindgren-Schule. Es war der vorletzte Schultag vor den großen Ferien. Und wir hatten Kunst ... – da kommt plötzlich die Rektorin, Frau Müller-Hülsemann rein. Die tuschelt mit meinem Kunstlehrer. Der zeigt auf mich. Dann kommt die Hülsi auf mich zu und sagt: „Benedikt, komm mal bitte mit in mein Büro."

Da wusste ich ja schon, dass was Furchtbares passiert sein musste – niemand nennt mich Benedikt, wenn es nicht unbedingt sein muss. Im Büro hat sie mir dann einen Stuhl angeboten, so ein Mistding, auf dem sich

Kinder ganz klein fühlen müssen, weil ihre Füße nicht bis zum Boden kommen. Das ist Absicht, um uns einzuschüchtern. Ich hab' noch überlegt, ob das alles was damit zu tun haben könnte, dass ich mit Max auf dem Jungenklo ausprobiert habe, wer nach „Achtung, fertig, los!" schneller und lauter pupen kann.

Aber da sagt die Hülsi schon: „Benedikt, hast du außer deiner Mutter Angehörige hier in der Stadt?"

Mir wurde eiskalt. Wer braucht Angehörige, wenn er eine Mutter hat? Also hab' ich sofort gefragt: „Was ist mit meiner Mutter?"

Da schaut mich die Rektorin mit einem Blick an, als wäre ihr Dackel gestorben: „Deine Mutter hatte einen Unfall, Benedikt. Wir haben einen Anruf aus Hannover bekommen, dass sie dort in einem Krankenhaus liegt. Sie ist mit dem Auto unterwegs gewesen, verunglückt, und man hat mir mitgeteilt, dass ihr linkes Bein gebrochen ist. Gerade wird sie wohl operiert. Die Polizei hat in ihren Sachen allerlei Telefonnummern gefunden und mich deshalb verständigen können. Du musst dir um sie keine Sorgen machen! Sie wird bestimmt wieder gesund."

Das sagte diese blöde Kuh ganz ruhig, so als würde es sie nichts angehen. Geht sie ja auch nix an. Aber mich! Und die hat wohl noch nie eine Krankenhausserie im Fernsehen gesehen – da gibt es immer Probleme. *Komplikationen* nennen die das. Und dann rennen alle und so ein Computer piept neben dem Bett des Patienten. Dann entscheidet sich, ob der Kranke durchkommt oder nicht. Hat total keinen Durchblick, diese Rektorin. Ich hab' so einen Schrecken bekommen!

Dann hat sie noch einmal gefragt: „Hast du Angehörige, also irgendwelche Verwandte hier in der Stadt?"

Ich schüttelte den Kopf. Mir fiel erst einmal niemand ein. So lange wohnen wir ja auch noch gar nicht hier, erst seit drei Monaten. Ich hab' mich nicht mal richtig bemüht, in der Schule Freunde zu finden, denn nach den Sommerferien werde ich ja die Schule wechseln, wenn ich in die fünfte Klasse komme. Die Rektorin schoss eine Frage nach der anderen auf mich ab – wahrscheinlich wollte die mich nur nicht selbst am Bein haben für die nächsten Wochen: „Was ist mit deinem Vater?"

Ich: „Kenn' ich nicht."

Die Hülsi: „Keine Großeltern?"

Ich: „Hab' ich nicht."

Die Hülsi: „Gute Bekannte? Freunde der Familie?"

Ich: „Hier? Nee. Wie denn so schnell? Wo wir früher gewohnt haben, ja, da waren welche. Aber das ist am anderen Ende von Deutschland."

Die Hülsi: „Hat deine Mutter Geschwister? Gibt es Onkel oder Tanten?"

Ich hab' erst nur den Kopf geschüttelt. Aber bei dem Wort *Onkel* ist mir dann doch etwas eingefallen. Als ich mit Mama hierher gezogen bin, hat sie gemeint: „So ein Zufall! Jetzt wohnen wir wohl mit meinem Onkel

Horst in einer Stadt. Aber der hat leider den Kontakt zu mir abgebrochen, als ich schwanger wurde. Er hat etwas gegen ledige Mütter. Altmodisch, was? Der will mich nicht mehr sehen, weil ich nicht verheiratet bin, aber ein Kind habe."

Die Hülsi hat wohl irgendwie bemerkt, dass bei dem Wort *Onkel* etwas in meinem Kopf geklingelt hat, denn da hat sie nachgehakt. Eigentlich ist sie gar keine so schlechte Detektivin, die Rektorin. Nachdem ich ihr den Namen Horst Kammer genannt hatte, hat die sich ihr Telefon geschnappt und mit der Polizei ein Gespräch geführt. Die fand auf Anhieb nur zwei Leute mit dem Namen Horst Kammer. Den einen hat die Hülsi aber nicht einmal angerufen, denn der war erst dreiundzwanzig Jahre alt. „Zu jung, um dein Großonkel zu sein", hat sie gemeint.

Zwei Stunden später holte mich mein Großonkel dann in meiner Schule ab. Die Hülsi hat seinen Ausweis und andere Papiere kontrolliert. Dann sagte sie: „Wunderbar! Damit ist ja alles geregelt und ich kann Ihnen den Benedikt beruhigt in Obhut geben!"

Wenn die wüsste …

Wie der alte Knacker schon aussah! Wie so ein blöder Jäger auf dem Bild in meinem ollen Märchenbuch bei der Geschichte von Rotkäppchen: eine Jacke mit Knöpfen, auf denen solche Hirsche sind, Schuhe, die nicht für den Sommer, sondern fürs Bergsteigen taugen, und eine Hose …! Wer trägt schon Cordhosen, wenn man ihn nicht mit brutaler Gewalt dazu zwingt?

„Begeistert bin ich nicht, dass ich den Jungen jetzt übernehmen soll, werte Dame", hat mein Großonkel im Büro der Rektorin gesagt. Es war dem völlig egal, dass ich zuhöre und dass das nicht wirklich nett von ihm war.

„Es gibt wohl keine andere Möglichkeit, Herr Kammer. Benedikt muss sonst in ein Heim, denn seine Mutter hat außer Ihnen keine Angehörigen hier in der Gegend. Zumindest haben wir bisher niemanden ausfindig machen können. Wenn Sie Benedikt das bitte ersparen wollen! Auch ein vorübergehender Heimaufenthalt ist sicher kein Zuckerschlecken", hat die Rektorin gesagt. Und sie klang ganz giftig dabei. Hat wohl auch gemerkt, dass mein Großonkel dieses „werte Dame" ganz anders gemeint hatte, als es sich eigentlich gehört. Die beiden haben einfach über mich hinweg geredet. Niemand ist auf die Idee gekommen, mich mal zu trösten. Fand ich absolut daneben!

Dann ging der Irrsinn auch schon los: Mein Großonkel sollte mich gleich mitnehmen. Die Hülsi hat mir tatsächlich zwei Stunden und den ganzen letzten Schultag freigegeben. Und mein Zeugnis hat sie auch rausgesucht und es uns vorzeitig mitgegeben. Wahrscheinlich hatte die nur Angst, dass mein Großonkel es sich doch anders überlegen würde. Dann müsste sie nochmal anfangen, nach einer Möglichkeit zu suchen, mich unterzubringen. Allein in unsere Wohnung zurück, bis meine Mutter wieder da ist, das darf ich nicht, hat die Hülsi gesagt. Dazu bin ich angeblich nicht alt genug. Aber alt genug, um einen wildfremden Großonkel aus dem Märchenbuch auszuhalten, was?!

Vor der Schule stand ein Fahrrad, das bestimmt schon zweitausend Jahre alt war. Keine Gangschaltung, aber dafür so Plastikdinger am Hinterrad, die verhindern sollen, dass bei Frauen ein Rock in die Speichen kommt. Wozu braucht ein Mann solche blöden, peinlichen Plastikscheiben? Mein Großonkel hat sich umständlich auf sein Rad gesetzt und mich dann erwartungsvoll angesehen. Ich hab' nix kapiert.

„Spring drauf!", hat er gesagt.

Ich: „Wie? Drauf?"

„Ist das hier etwa eine Sonderschule? Bist du immer so begriffsstutzig?", hat er gefragt. Ich fand, er hat mich angeschnauzt. Da war ich ja schon auf Tausend! Dann hat er auf den Gepäckträger gezeigt.

Ich hab' nur den Kopf geschüttelt und ihm erklärt: „Ist verboten. Außerdem dürfen Kinder nur mit Helm Rad fahren. Ich fahr' nicht ohne Helm!"

„Das fängt ja großartig an!", hat sich mein Großonkel aufgeregt. Und dann hat er auf dem ganzen Weg bis zur Steinstraße sein Rad geschoben und böse vor sich hin gegrummelt: „Früher ist jeder auf dem Gepäckträger mitgefahren. Da ist gar nichts passiert! Früher gab es keine Fahrradhelme. Moderner Schnickschnack! Das ist was für Weicheier, die nicht Rad fahren können."

War ich froh, dass es nicht weit bis zu mir nach Hause war! Wir sind zu Fuß gegangen und die ganze Zeit hat dieser alte Knacker leise vor sich hin geschimpft. Ich habe unsere Wohnung aufgeschlossen. Wie der sich darin umgeschaut hat! Als hätte er Ratten und Müllberge auf dem Fußboden erwartet.

„Wenigstens sauber", hat er geknurrt. Ich hätte ihm am liebsten vors Schienbein getreten. Hab' mich aber nicht getraut, denn mein Großonkel heißt nicht nur so, der ist auch ziemlich groß. Wir haben dann in einen Rucksack Anziehsachen für mich gepackt.

„Müssen wir etwa noch irgendwelche Haustiere versorgen?", wollte er wissen.

Ich hab' nur den Kopf geschüttelt. Mit so einem wollte ich gar nicht reden.

„Na wenigstens etwas", hat er geknurrt, als wäre ich auch eine Art lästiges Haustier.

„Wo ist dein Fahrradhelm? Wo ist dein Fahrrad?", wollte er als Nächstes wissen.

Den Fahrradhelm hab' ich sofort gefunden. Dann hab' ich ihm erklärt: „Mein altes Rad haben wir nicht mitgenommen, als wir hergezogen sind. Ich bin ziemlich gewachsen in der letzten Zeit und das Rad ist zu klein geworden. Deshalb haben wir es vor unserem Umzug hierher verschenkt. Früher bin ich mit dem Rad zur Schule gefahren. Das war noch auf dem Dorf. Aber hier in der Stadt soll ich besser nicht Rad fahren, hat Mama gesagt. Zu gefährlich. Und mein Schulweg ist ja auch nicht lang. Deshalb habe ich im Moment gar kein Rad." Da hat dieser Kerl doch tatsächlich laut und deutlich einfach „Scheiße!" gesagt. Kann man doch nicht machen! Und: „Jetzt kann ich auch noch ein Fahrrad besorgen!"

Ich: „Ein Auto gibt's nicht?"

„Jeder Idiot fährt heute Auto, auch für zweihundert Meter, um Brötchen zu holen. Kein Wunder, wenn sich die Erdatmosphäre erwärmt", hat er losgemeckert. „Ich fahre Fahrrad!"

Sobald er das gesagt hatte, wusste ich schon, dass es bei ihm bestimmt keinen PC gibt und wahrscheinlich auch keinen Fernseher.

Bingo! Volltreffer! Wir sind eine knappe Stunde quer durch die halbe Stadt gelatscht, bis wir in der Pappelallee in seiner Wohnung ankamen: Troddelsofa. Kein PC, kein Fernseher. Nicht mal eine Mikrowelle. Dafür alles voller Bücher. Jetzt sitze ich also bei so einem lesewütigen Energiesparfritzen fest, der mitten aus der Steinzeit stammt.

In einem winzigen Zimmer mit einem Sofa, einem Schreibtisch und lauter Bücherregalen hat er mich einquartiert. Auf dem Sofa soll ich schlafen. Ich musste mein Bett selbst beziehen. Meine Anziehsachen sollte ich in ein riesiges Regal vor die Bücher sortieren.

„Ordentlich! An meinen Büchern hänge ich", hat mein Großonkel gesagt.

Pampig habe ich geflüstert: „Ach nee?!" Ich dachte, der alte Knacker kann mich ganz sicher nicht hören. Alte Leute sind ja alle total taub. Aber da hat sich mein Großonkel ganz dicht bis vor mein Gesicht runtergebeugt und mich scharf angesehen. Ich hab' schon gedacht, jetzt reißt er mir den Kopf ab.

Doch plötzlich hat er gegrinst. Was das wohl sollte?

[3. Kapitel]

Was genau Mama passiert ist, war nicht so leicht herauszufinden. Ich sollte mir keine Sorgen machen, hieß es dauernd. So ein Schwachsinn! Sie ist wirklich operiert worden. Und danach hat sie wohl noch eine Weile geschlafen, also in Narkose gelegen. Klar, dann kann man nicht telefonieren.

Mein Großonkel hat noch vor dem Essen im Krankenhaus in Hannover angerufen, nachdem mein Gästezimmer bei ihm hergerichtet war. Die Nummer hat er wohl von der Hülsi bekommen. Oh Mann, kann der alte Mann einen Druck machen – erst wollte man ihm wohl am Telefon nichts sagen. Aber dann hat er laut losgedröhnt. Der hätte gar kein Telefon gebraucht bis Hannover: „Soll ich etwa mit dem Fahrrad kommen, um mich persönlich als Angehöriger auszuweisen? Nein, ich habe kein Auto! Das sprengt wohl Ihr Vorstellungsvermögen, Sie *geistiger Schrebergärtner!** (Das hab' ich mir sofort gemerkt. Klingt nach einem tollen Schimpfwort, auch wenn ich keine Ahnung hab', was das heißen soll.) Mir ist klar, dass meine Nichte zurzeit nicht telefonieren kann, aber Sie geben mir jetzt sofort Auskunft über ihren Zustand! Ihr Sohn ist erst zehn und hat ein Recht darauf, zu erfahren, wie es seiner Mutter geht. Und kein Fachchinesisch. Sprechen Sie gefälligst Deutsch mit ihm!"

Dann hat er mir den Hörer gegeben. Ich hatte eine irre Angst, was ich hören würde. Eine Männerstimme hat mir dann erklärt, dass meine Mutter einen Autounfall hatte. Ihr linkes Bein ist gebrochen. Der Mann meinte auch sofort, ich soll mir keine Sorgen machen. Blöder Affe – der steht nicht direkt neben einem riesigen Großonkel, der am Telefon brüllen kann wie ein wilder Stier. Der Mann erklärte mir, dass man bei der Operation das Bein mit einem Nagel geflickt habe. Ich hätte eher gedacht, dass Knochen splittern, wenn man einen Nagel reinhaut. Aber die Ärzte werden hoffentlich wissen, was sie da getan haben, und warum. Dann habe ich die Frage gestellt, die soooo wichtig ist: „Bleibt meine Mama am Leben?"

Der Mann: „Ja sicher!"

Ich: „Wann kommt sie denn aus dem Krankenhaus?"

Der Mann: „Das weiß ich wirklich noch nicht, eine Weile wird das schon noch dauern. Aber das ist ja nicht schlimm, denn du bist doch bei deinem Großonkel sicher gut aufgehoben."

Da hab' ich angefangen zu weinen. Ich hab' mich so geschämt. Ging aber nicht anders. Bin einfach weggeflitzt und hab' den Telefonhörer fallenlassen, damit mein Großonkel mich nicht heulen sieht.

Ich hab' noch gehört, wie mein Großonkel sich verabschiedet hat, aber freundlich war der nicht. Hat wieder geschimpft: „Was haben Sie dem Jungen nur gesagt, dass der plötzlich so verstört ist? Umgang mit Kindern ist wohl nicht Ihre Stärke, oder?"

„Aber deine", hab' ich nur gedacht und mich auf meinem Sofa fest zusammengerollt wie ein Igel.

Immerhin hat mich der alte Knacker in Ruhe gelassen, solange ich weinen musste.

Dann ging irgendwann die Tür zu meinem neuen Zimmer auf.

Nicht übermäßig freundlich hat mein Großonkel verkündet: „Bloß weil du jetzt für eine Weile hier wohnst, muss ich nicht mein ganzes Leben umkrempeln, oder? Heute ist unser Dienstag. Da treffen wir uns zum Boule. Du kommst mit. Nach dem Mittagessen und der Mittagspause geht es los. Dann ist unser Stammplatz im Park meistens noch frei. Ich kann dich ja nicht einfach allein hier in der Wohnung lassen. Weil du kein Fahrrad hast, müssen wir zu Fuß hin. Und jetzt komm mal mit in die Küche."

Danach hat er Linsensuppe aus der Dose serviert. Und ich hab' nichts davon gegessen, weil ich sowas nicht mag. Nur drei trockene Scheiben Graubrot habe ich genommen, die er zum Eintunken dazugestellt hat. Hat meinen Großonkel aber überhaupt nicht gestört.

Ich hatte absolut nichts von dem verstanden, was er mit *wir, Boule, Stammplatz* oder *unser Dienstag* meinte. Aber nach einer halben Stunde Fußmarsch war mir klar, was Boule ist: ein Spiel mit schweren Eisenkugeln. Jeder Spieler hat drei Kugeln und rollt oder wirft die in Richtung einer Zielkugel. Wer am nächsten bei diesem Ziel seine Kugel platzieren kann, hat gewonnen. Wenn andere Kugeln im Weg liegen, kann man die mit der eigenen wegkicken. Das hab' ich schon mal am Strand gespielt, aber da hatten wir Holzkugeln und das Ganze hieß *Boccia*.

Und mir wurde klar, dass mein Großonkel so eine Art Club hat: Hans Günter Hox und Kurt Bruns gehören auch dazu. Die sind etwa genauso alt wie mein Großonkel und mindestens genauso bekloppt. Die beiden trafen wir am Rand vom Stadtpark. Das ist eher eine Gang als ein Club. Mein Großonkel stellte mich vor: „Das ist mein Großneffe Benedikt. Der wohnt bei mir, weil seine Mutter heute einen Unfall hatte. Dauert hoffentlich nicht lang, bis seine Mama wieder auf den Beinen ist."

Kurt Bruns sah mich an, als hätte ich zwei Köpfe. Dann knurrte er nur: „Benimm dich! Wehe du störst uns beim Spielen!"

Sowas hab' ich bei Erwachsenen noch nie erlebt – ich meine, dass man zu einem Kind so unfreundlich ist und solche Vorschriften macht. Außerdem, wozu müssen Erwachsene spielen? Kinder spielen!

Und was dann kam, war wirklich krass. Die drei sind in den Park gegangen, ich hinterher. Wir kamen dann an so eine komische Fläche mit festgestampftem Sand, auf der man Boule spielt. Aber da waren gerade zwei jüngere Männer angekommen, die begonnen hatten, ihre Kugeln auszupacken. Mein Großonkel hat seinen beiden Freunden zugezwinkert und ist auf die Fremden zugegangen. Dann hat er ganz freundlich zu denen gesagt: „Schön, dass Sie gerade gehen wollten!"

Die beiden wollten eigentlich gar nicht gehen, die wollten anfangen zu spielen. Aber da kamen auch schon Kurt und Hans Günter dazu. Kurt hat die Kugeln der beiden anderen Männer eingesammelt, Hans Günter hat sie einfach zurück in das kleine Köfferchen getan. Die zwei Fremden haben Bauklötze gestaunt. Der eine hat noch versucht, sich zu wehren, und gesagt: „Unverschämtheit! Sie können doch nicht einfach …"

Da sagt doch mein Großonkel ganz freundlich: „Doch. Wir können. Und unverschämt ist es, wenn Sie an einem Dienstagnachmittag um halb vier hier spielen wollen. Dienstags von halb vier bis fünf spielen wir hier. Das merken Sie sich mal besser. Und das machen wir schon seit drei Jahren jeden Dienstag im Sommer so. Wenn wir alle ins Gras gebissen haben, können Sie sich diese Zeit ja schnappen. Aber jetzt gehört die Bahn uns. Wissen Sie, wir sind so alt, dass wir es uns einfach nicht leisten können, zu warten oder höflich zu sein. Oder noch besser gesagt – wir wollen es uns nicht leisten, höflich zu sein oder zu warten."

Der Fremde: „So eine Frechheit! Diese Bahn ist öffentlich. Die gehört niemandem."

„Doch. Uns. Und nächsten Dienstag um diese Zeit auch wieder. Und übernächsten Dienstag. Können Sie folgen oder soll ich eine Zeichnung machen?", hat Hans Günter rotzfrech gefragt.

Kurt, der einen ziemlich dicken Bauch hat, schob die beiden Fremden dann regelrecht mit seiner Wampe weg.

Ich meine, sowas kann man doch nicht machen! Das ist wie kleine Kinder von der Wippe schubsen, weil man selbst wippen will. Aber diese alten Männer haben sich einfach durchgesetzt.

„Kannst dich da drüben auf die Bank setzen und zugucken", hat mein Großonkel dann seelenruhig gesagt, als die Bahn frei war. Das hab' ich auch gemacht. Ich dachte mir, diesen Rentnerclub sollte man wohl besser nicht reizen. Und dann haben die drei gespielt. Stundenlang. Die haben mich nicht ein einziges Mal gefragt, ob mir langweilig ist oder ob ich mitmachen will. Oh Mann, war das ätzend! Ich hab' mir einfach nichts anmerken lassen. Vor denen doch nicht! Einmal haben die eine Pause gemacht und sich zu mir auf die Bank gesetzt.

Dann hat dieser Hans Günter erklärt: „Wir drei treffen uns jeden Tag und machen etwas zusammen. Und jeden Tag muss einer etwas für die anderen zu essen organisieren. Heute habe ich ein Rosinenbrot gebacken." Er hielt mir ein großes Rosinenbrot in einer Dose hin, das in dicke Scheiben aufgeschnitten war. Ich hatte so einen Hunger und es roch wirklich gut. Aber Rosinen kann ich nicht leiden.

„Ich mag keine Rosinen", hab' ich deshalb gesagt.

Da meinte mein Großonkel doch glatt: „Dein Pech. Das wäre sowieso knapp geworden für vier Leute!"

Kurt: „Aber der Junge muss doch was essen!"

Mein Großonkel – so richtig fies: „Es ist noch keiner vor einem vollen Teller verhungert."

Als er das gesagt hatte, wusste ich, dass er mich verhungern lassen will, um mich schnell wieder loszuwerden.

Es war eine ganz schöne Arbeit, aufzuschreiben, was alles passiert war. Aber wenn ich will, dass mein Großonkel für all das büßen muss, was er mir antut, dann ist es wohl nötig. Kein Mensch würde mir zum Beispiel glauben, was da heute Nachmittag beim Boulespielen im Park passiert ist. Da musste ich schon handfeste Beweise festhalten.

Das Heft habe ich unter meiner Matratze versteckt. Da kommt mein Großonkel nie drauf. Zeit zum Schreiben und um die Beweise festzuhalten, hatte ich reichlich. Nachdem wir aus dem Stadtpark zurückgekommen waren, dauerte es bis zum Abendessen zum Beispiel fast drei Stunden, in denen ich nichts zu tun hatte. Als ich meinen Großonkel gefragt habe, was ich in der Zeit machen soll, hat er nur geknurrt: „Du kannst hier wohnen. Du kannst hier essen. Aber ich mache nicht den Pausenclown für dich. Es hat ja schließlich seinen Sinn, dass ich nie geheiratet und Kinder in die Welt gesetzt habe. Kannst ein Buch lesen, wenn du Langeweile hast. Es sind ja genug da, oder?"

Da beschloss ich: „Den mache ich fertig!"

Aber hier weggehen und in einem Kinderheim bleiben, bis Mama wieder gesund ist, das traue ich mich auch nicht. Da habe ich schon ganz gruselige Sachen gehört. Ich will lieber nicht selbst herausfinden, ob das alles wahr ist.

[4. Kapitel]

[*Mittwochmorgen, 13. Juli*]

Ich bin wach geworden, weil es klingelte. Klang ein bisschen wie die Schulklingel. Aber ich hab' sofort gewusst, dass ich nicht zu Hause bin: Die Bettwäsche hier ist kratzig, nicht weich und flauschig wie bei Mama. Dann hörte ich Stimmen auf dem Flur. Schnell hab' ich mich angezogen und nachgesehen, was da los war. Mein Großonkel und sein Freund Hans Günter standen da. Und Hans Günter hatte ein Kinderfahrrad mitgebracht. Das stand mitten im Flur.

Ich beschloss, erst mal höflich zu sein. Das kommt immer an. Aber diesmal ging der Schuss eher nach hinten los, weil alte Knacker eben alte Knacker sind und von nichts eine Ahnung haben.

Ich laut zu meinem Großonkel: „Guten Morgen, Herr Kammer."

Hans Günter zu meinem Großonkel: „Was soll denn der Quatsch? Sagt der Bengel etwa *Herr Kammer* zu dir?"

Mein Großonkel: „Das ist überhaupt das erste Mal, dass er mich anspricht."

Hans Günter: „Aber *Herr Kammer!* Das geht doch nicht!"

Ich: „Wieso? Was soll ich denn sagen?"

Mein Großonkel: „Wie wäre es mit *Großonkel?*"

Hans Günter: „Das ist jetzt nicht dein Ernst, oder?"

Mein Großonkel: „Stimmt. Das klingt nicht besonders gut. Onkel Horst. Geht das?"

Ich: „Onkel? Das sagt heute kein Schwein mehr!"

Mein Großonkel: „Dann eben Horst. Einfach Horst!"

Ich: „Ich kann doch nicht … *Horst* zu dir sagen!"

Hans Günter: „Aber wenn er es dir erlaubt? Dann ist das doch in Ordnung, oder?"

Ich: „Aber *Horst!* Das ist ein … Das ist ein …"

Mein Großonkel: „Los! Raus damit!"

Ich: „Horst! So heißt doch kein Mensch! Das ist heute ein Schimpfwort."

Hans Günter hat gelacht: „Ehrlich? Und was bedeutet das, wenn man heutzutage jemanden *Horst* nennt?"

Ich: „… naja. Das heißt so viel wie *Blödmann.* Ein Horst ist einer, der keine Ahnung hat, was läuft. Und ein Vollhorst ist ein Vollidiot."

Hans Günter hat vor Lachen nur noch gejapst: „Tja, Horst. Da kannst du mal sehen. Ist zwar nur dein Groß-neffe, aber ein Gefühl für Feinheiten in der Sprache hat er. Muss vererbt sein!"

Mein Großonkel grinste verkniffen: „Ich heiße nun mal Horst. Basta! Ich kann nichts dafür, wenn irgendwelche *Sprachanarchisten** meinen Vornamen für ihre Zwecke missbrauchen." (*Sprachanarchisten* habe ich mir auch gleich gemerkt. Ich glaub, ich lege mal langsam hinten in meinem Block eine Liste interessanter Wörter an. Mein Großonkel scheint da eine Menge auszuspucken.)

Dann hat er mich genau angesehen: „Von jetzt an Horst. Ist das klar, Benedikt?"

Ich hab' genickt. Dann hab' ich allen Mut zusammengenommen und gesagt: „Alles klar, ... Horst. Von jetzt an bitte Ben."

Hans Günter hat vor Lachen fast gewimmert und ist gegangen. Das Rad hat er dagelassen.

Zum Frühstück gab es Knäckebrot mit Marmelade. Kein Wunder, dass mein Großonkel, ich meine, dass Horst so dünn ist. Der isst einfach nichts, was schmeckt. Er hat hinter einer Tageszeitung gehockt und geschwiegen. Hin und wieder kam eine Hand hinter der Zeitung hervor und griff nach der Kaffeetasse. Ich hatte ein Glas Wasser, weil ich keinen Kaffee mag und für Bier und Wein noch zu klein bin. Das hat Horst zumindest gemeint. Und etwas anderes hätte er nicht im Haus, hat er gesagt. Ich hatte mich gerade gefragt, ob wir den Rest des Tages so verbringen, da klappte er die Zeitung zu.

Horst: „Ben, wir haben eine Menge vor heute. Wir werden versuchen, deine Mutter anzurufen. Wir reparieren das Fahrrad, damit ich mir deinetwegen keine Blasen laufen muss. Und heute ist Mittwoch. Da fahren wir zum Skat. Fragen dazu?"

Ich hab' den Kopf geschüttelt. Ich wollte nicht mit Mama telefonieren. Ich wollte hin! Aber bis Hannover radeln, das dauert sicher zwei, drei Tage.

Bevor Horst zum Telefon griff, hat er mich noch strenger als sonst angesehen: „Heitere Gelassenheit, Benedikt – äh, ich meine Ben. Heitere Gelassenheit, das ist es, was ich jetzt von dir erwarte."

Ich: „Was soll das denn heißen?"

Horst: „Deine Mutter hatte einen Unfall, deine Mutter hat gerade eine Operation hinter sich. Es ist ihr bestimmt schon besser gegangen als heute. Und es ist zum Beispiel sicher nicht beruhigend für sie zu hören, dass du keine Linsensuppe magst!"

Aha. Der will keine Zeugen dafür, dass er plant, mich verhungern zu lassen. Ich darf am Telefon nicht verraten, dass er mich mies behandelt, sonst bekomme ich wahrscheinlich auch noch Prügel. Ist schon blöd, wenn man bloß ein Kind ist und nicht einfach mit der Faust auf den Tisch hauen kann, um sich zu wehren. Also hab' ich bloß genickt.

Es hat ein bisschen gedauert, bis Horst die Verbindung mit dem Zimmer meiner Mutter hatte. Selbst sprechen wollte er nicht mit ihr. Er zischte noch einmal drohend „Heitere Gelassenheit!" in meine Richtung, bevor er mir den Hörer reichte.

Mamas Stimme klang ganz leise und irgendwie heiser, als sie sagte: „Hallo? Wer ist dran?"

Ich: „Mama, ich bin's!"

Mama: „Ben? Von wo rufst du an? Ich habe mir solche Sorgen um dich gemacht. Es tut mir so leid. Ich wollte doch nach Hause kommen, Ben. Wirklich – ich wollte doch nach Hause kommen!"

Geweint hat sie. Und sie klang ganz verzweifelt. Plötzlich hab' ich begriffen, was Horst mit *heitere Gelassenheit* gemeint hatte. Mama ging es gar nicht gut. Und sie machte sich auch noch Vorwürfe, weil sie nicht heimgekommen war. Und sie machte sich Sorgen um mich, sehr sogar. Dabei sollte es nur umgekehrt sein, wenn sie verletzt war – ich sollte mich um meine Mutter sorgen. Deshalb habe ich versucht, ganz wahr zu klingen, als ich erzählt habe: „Mama, alles ist gut. Du musst dir keine Gedanken um mich machen. Ich wohne jetzt bei meinem Großonkel. Das hat die Müller-Hülsemann organisiert, du weißt doch, meine Rektorin. Ist echt prima hier bei deinem Onkel. Wir waren gestern schon zum Boulespielen. Horst ist richtig gut drauf."

Mama: „Da bin ich aber beruhigt. Na, vielleicht hat er sich ja mit den Jahren geändert und mir verziehen."

Gut, dass mein Großonkel keine Ahnung hat, wie man sein Telefon auf Lautsprecher umstellt.

Ich: „ Mama, jetzt ist nur wichtig, dass du wieder richtig gesund wirst. Wie geht es dir denn?"

Mama: „Das willst du gar nicht wirklich wissen."

Ich: „Was ist denn bloß passiert?"

Da hat sie wieder angefangen zu weinen und geschluchzt: „Ben, ich weiß es doch nicht! Ich kann mich an nichts erinnern. Ich bin gestern Nacht einfach im Krankenhaus aufgewacht. Und ich habe keine Ahnung, wie ich hier hingekommen bin. Die Ärzte sagen, so ein Erinnerungsloch wäre nach einem Unfall völlig normal, aber es macht mir einfach Angst …"

Eine Pause. Rascheln. Dann kam eine Männerstimme aus dem Hörer. „Mit wem spreche ich?"

Ich: „Ich bin Ben. Was ist mit meiner Mutter?"

Und dann kam es schon wieder: „Mach dir keine Sorgen! Deiner Mutter geht es sicher bald besser. Ich bin Arzt hier, ich muss es also wissen. Aber jetzt braucht sie Ruhe. Das Gespräch mit dir hat sie sehr angestrengt. Ich sage ihr noch einen schönen Gruß von dir und dann legst du auf, ja?"

Waren eigentlich alle Erwachsenen völlig bescheuert? Ich sollte völlig locker bleiben, wenn sich meine Mutter nicht erinnern kann, wie sie ins Krankenhaus gekommen ist?! Wann sollte ich mir denn Sorgen machen? Wenn das Haus brennt?

Ich fühlte mich wie so eine Taube in der Fußgängerzone, eine von denen, die nicht mehr fliegen können und denen jemand auf den Fersen ist, um sie zu scheuchen. Und wenn du eine solche Taube bist, weißt du nie, ob der nächste Fußtritt dir nur Angst machen soll oder ob er dich plattmacht.

Und dann sagte Horst auch noch: „Mach dir mal keine Sorgen, Ben. Nach einer Narkose ist man oft ziemlich durch den Wind."

Ich hab' ihn wirklich gehasst dafür!

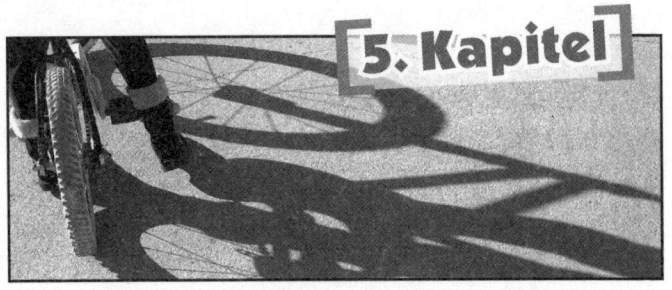

5. Kapitel

Noch mehr hab' ich ihn gehasst, als er schließlich ver-
kündete: „Nur damit wir uns verstehen – das ist kein
Hotel hier. Du spülst morgens und abends, ich mittags.
Mittags fällt mehr Geschirr an. Die Arbeit dürfte so ge-
recht geteilt sein."
Der nächste Punkt auf meiner Anklageliste hieß also:
Zwangsarbeit. Hätte ich mir denken können, dass so
ein Typ keine Spülmaschine hat!

Nach dem Spülen sind wir runter in den Hof gegangen.
Vor dem Haus, in dem Horsts Wohnung im dritten
Stock liegt, sind nur ein Bürgersteig und die Straße.
Durch eine Haustür kommt man in einen Flur, ein
Treppenhaus führt nach oben und in den Keller. Dorthin gingen wir zuerst: Im Keller hat Horst einen Raum,
der ein bisschen aussieht wie ein Gefängnis oder noch
besser: wie ein Holzkäfig. Im Keller sind insgesamt acht
dieser Holzkäfige. Ich musste einen Eimer mit Putz-
zeug und eine Tasche mit Werkzeug raufschleppen, die
wir aus dem Käfig holten. Dann gingen wir wieder ins
Erdgeschoss und durch den Flur zu einem Hinter-

ausgang, der mir bis dahin gar nicht aufgefallen war. Hinter dem Haus ist für alle Mieter ein großer Garten. Ein bisschen Rasen gibt es dort und ein paar alte Obstbäume. Dorthin trug mein Großonkel das Kinderrad, das sein Freund ihm gebracht hatte. Ein Blick auf den ollen Drahtesel genügte mir.

Horst: „Das ist von einem von Hans Günters Enkeln, der mittlerweile zu groß für das Rad ist."
Ich konnte den Mund nicht halten: „Der wollte die Schrottkarre einfach nicht mehr. Kann ich verstehen."
Horst: „Kauf dir ein neues Fahrrad, wenn du kannst und wenn du dir für dieses zu fein bist."
Ich: „Woher soll ich denn dafür das nötige Geld haben?"
Horst: „Eben. Also halt den Mund oder – noch besser – bedank dich anständig, wenn dir jemand ein Fahrrad schenkt!"
Ich: „Der Schrotthaufen hat doch nicht mal eine Gangschaltung!"
Horst: „Natürlich hat das Rad eine Schaltung. Eine Nabengangschaltung, drei Gänge."
Ich: „Drei?! Das ist doch so gut wie nichts! Mein altes Rad hatte achtzehn Gänge. Das war geil."
Horst: „Tu mir einen Gefallen und benutze dieses grässliche Wort nicht, wenn du mit mir sprichst. Alles und jedes ist heute *geil*. Geiz ist angeblich geil oder Dinge sehen geil aus oder sie schmecken geil. Es gibt immer

eine Menge passendere Begriffe in unserer Sprache. Bitte benutze die!"

Ich: „Hä?"

Horst: „Achtzehn Gänge sind technisch hochwertig, leistungsstark oder angenehm zu fahren – such dir aus, was du willst, aber sag nicht einfach *geil*. Und außerdem, wer braucht solchen Blödsinn wie achtzehn Gänge? Wo ihr bisher gewohnt habt, ist es doch total flach. Was soll man da mit achtzehn Gängen? Außer natürlich, man möchte sich statt mit der Verkehrssituation rundum lieber mit Schalten beschäftigen und einen Unfall bauen. Willst du heute Nachmittag hinter mir herlaufen, wenn ich zum Skat fahre? Dann können wir uns jetzt eine Menge Arbeit sparen."

Ich schüttelte den Kopf. Der würde mich glatt rennen lassen. Zwangsarbeit, ich sag's doch.

Horst: „Also los. Lass uns den sogenannten Schrotthaufen mal auf Vordermann bringen!"

Wir haben drei Stunden an dem Ding herumgeschraubt. Erst hat mir Horst am Hinterrad gezeigt, wie man Löcher im Reifen flickt. Dann musste ich ganz allein die Löcher im vorderen Schlauch flicken. Ich hab' jetzt zwei Pflaster an den Fingern, weil ich immer mal mit dem Werkzeug abgerutscht bin. Körperverletzung und Kindesmisshandlung. Kommt auch auf die Liste. Das hätte ja alles Spaß machen können, aber Horst hat immer nur gemeckert: „Zehn Jahre alt und noch nie einen Reifen geflickt. Das kann doch nicht wahr sein! Das kommt davon, wenn kein Mann im Haus ist."

Da hab' ich nur gesagt: „Mama flickt keine Reifen. Aber die kann prima mit einer Stichsäge und einem Bohrhammer umgehen." Danach war Ruhe.

Horst hat sogar die Gangschaltung total zerlegt, gereinigt und wieder zusammengesetzt. Das waren wirklich viele Teile – und es ist keins übriggeblieben, als er alles wieder zusammengeschraubt hat. Ich hätte ihn fast dafür bewundert. Aber da kam plötzlich Frau Krawulke in den Hof, um Wäsche aufzuhängen. Die wohnt in der Etage unter meinem Großonkel.

Das hat fast geklungen, als würde ein Vogel flöten, als sie ihn begrüßte: „Ach, schönen guten Tag, Herr Kammer! Ist das nicht herrliches Wetter heute? Wem helfen Sie denn da beim Reparieren?"

Horst: „Guten Tag, Frau Krawulke. Das ist mein Großneffe Ben. Der wohnt bei mir, solange seine Mutter im Krankenhaus liegt."

Die Krawulke: „Na dann hoffen wir mal, dass es der Frau Mama recht bald wieder besser geht. Kinder bringen doch immer eine Menge Unruhe mit sich, nicht wahr?"

Horst – so richtig wehleidig: „Wem sagen Sie das, Frau Krawulke?"

Und schon war meine Laune wieder im Keller! Dieser Vollhorst ließ einfach keine Gelegenheit aus, mir unter die Nase zu reiben, dass ich unerwünscht war. Da half es auch nicht, dass die Probefahrt mit dem Rad sehr gut lief. Und noch weniger half es, dass Horst mich dazu verdonnerte, das Rad gründlich zu putzen. Schon hatten wir wieder Streit.

Ich: „Den Schrotthaufen putzen? Wozu soll ich den denn polieren?"

Horst: „Du hast keinen Respekt vor Werten. Wir haben gerade ein paar Stunden Arbeit in diesen angeblichen Schrotthaufen gesteckt. Kann ja sein, dass deine Arbeit nichts wert ist. Das solltest du selbst beurteilen. Aber bei mir ist das anders. Meine Arbeit ist wertvoll. Deshalb ist das Rad jetzt auch mehr wert als vorher. Wertvolle Dinge verdienen Pflege. Also putz es!"

Schon wieder Zwangsarbeit.

Dann ist Horst zum Kochen gegangen. Ich sollte erst wieder nach oben kommen, wenn das Rad blitzblank war. Ich hab' noch einmal gründlich überlegt, ob ich einfach weglaufen sollte. Aber ich hab' mich nicht getraut. Dann hätte sicher jemand bei Mama angerufen und sie gefragt, wo ich stecken könnte. Und dann hätte sie sich noch mehr Sorgen gemacht. Und das war in ihrem angeschlagenen Zustand sicher nicht gut für sie. Ganz leise, damit die Krawulke nichts zu petzen hatte, hab' ich beim Polieren gemurmelt: „Vollhorst! Vollhorst!! Vollhorst!!!"

Und als ich endlich mit dem Rad fertig war, gab es eklige Kohlrouladen zum Mittagessen. Natürlich waren die Rouladen aus der Dose. Ich war ganz sicher, bald zu verhungern, denn von sieben Kartoffeln und etwas Kopfsalat kann ja kein Mensch leben, oder? Und dann hat sich dieser alte Zausel in sein Wohnzimmer zurück-gezogen.

„Du hältst bitte in der Mittagszeit wieder Ruhe. Da will ich ungestört lesen!", hat er kommandiert.

Ich: „Wie lang dauert die Mittagszeit?"

Horst: „Das hatten wir doch erst gestern. Bis um drei. *Kultivierte Menschen** wissen das."

(Ich hab' überlegt, ob das auch ein Schimpfwort ist: *kultivierte Menschen*. Aber ich bin mir nicht sicher.) Als er das sagte, war es halb eins. Zweieinhalb Stunden Zeit, um aufzuschreiben, was er mir bisher alles angetan hat.

6. Kapitel

Punkt drei Uhr rief mich Horst: „Los geht's. Heute ist Kurt dran beim Skat. Da haben wir es etwas weiter. Der wohnt außerhalb. Da machst du wohl jetzt die erste Tour auf deinem neuen Rad!"

Es war brütend heiß, aber Horst trug immer noch seine dicken Schuhe und die Cordhosen. Sagenhaft! Ich radelte hinter meinem Großonkel her. In der Stadt gab es zum Glück fast überall Radwege und an jeder Kreuzung zeigte er ordentlich mit der Hand, ob er abbiegen wollte. Mein neues, altes Rad lief gut und das war auch bitter nötig, denn der Horst da vor mir war ganz schön schnell. Jedenfalls war ich nass geschwitzt, als wir bei seinem Kumpel Kurt endlich ankamen. Ich war ganz gegen meinen Willen neugierig, was sich hinter dem Wort *Skat* verbergen würde. Hoffentlich wurde dieser Nachmittag nicht genauso langweilig wie der beim Boule gestern! Ich bereute es bitter, dass ich nicht versucht hatte, in der neuen Schule gute Freunde zu finden – vielleicht hätte ich bei einem richtig guten Freund untergebracht werden können, bis meine Mutter wieder fit war? Aber so einen Freund gab es hier einfach nicht. Mist!

Kurt wohnte in einem kleinen Haus im Grünen am Stadtrand. Wir kamen gleichzeitig mit Hans Günter an. Der kletterte aus einem klapprigen alten Auto.

„Na, du *Klimaschänder*!*", begrüßte ihn mein Großonkel.

„Na, du Fahrradheini!", grüßte Hans Günter gemütlich zurück. „Mensch, dein Ben braucht Kühlwasser. Der hat ja einen ganz roten Kopf."

Da kam Kurt an die Tür. „Ich habe Eistee gemacht. Magst du den, Ben?", wollte er wissen.

Ich: „Geil. Lecker!" Endlich wurde ich mal gefragt.

Kurt: „Nicht *geil.* Wie wäre es mit *was für eine nette Überraschung?*"

Hans Günter: „Oder *wie aufmerksam.* "

Horst: „Oder einfach *wie schön.* "

Das hätte ich mir eigentlich denken können, dass diese drei alten Knacker zusammenhalten wie Pech und Schwefel. Jetzt durfte ich nicht einmal mehr reden wie ich wollte!

Horst: „Gibt es etwa keinen Kaffee? Sonst gibt's doch Kaffee."

Kurt: „Gib Ruhe, Horst. Für dich gibt es Kaffee, wie immer. Aber der Junge kann doch keinen Kaffee trinken, oder?"

Horst: „Bekommt der etwa eine Extrawurst? Ich kann den Schnickschnack nicht ausstehen, der heute mit Kindern veranstaltet wird. Da wird man doch vom Zuhören irre, wenn manche Eltern mit ihren Blagen reden –

Engelchen, magst du dies? Schätzchen, möchtest du vielleicht das? Liebling, du musst das nicht essen, wenn du nicht magst. *Bonzenkinder!** Wir sind früher auch nicht verhungert oder verdurstet und es gab keine Auswahl."

Da konnte ich schon wieder den Mund nicht halten: „Nee, es gab Kohlrouladen oder Linsensuppe oder Rosinenbrot."

Hans Günter lachte schon wieder aus vollem Hals und Horst sah aus, als hätte er sich verschluckt.

Kurt schob uns einfach ins kühle Haus. Auf seiner schattigen Terrasse hatte er einen Tisch gedeckt. Ein Blech mit Streuselkuchen duftete wunderbar. Endlich etwas zu essen, das ich mochte! Alle setzten sich.

„Bedient euch!", forderte uns Kurt auf. Das hab' ich mir nicht zweimal sagen lassen. Nach meinem vierten Stück Kuchen meinte Hans Günter: „Sag mal, bekommst du etwa bei Horst nichts zu essen?"

Ich schielte vorsichtig zu meinem Großonkel. Dem blieb sein Kuchenstück fast im Hals stecken.

Horst: „Sicher bekommt Ben etwas zu essen. Was denkst du denn?! Der mag nur nichts."

Ich – sehr vorsichtig: „Man könnte mich ja vor dem Kochen fragen, was ich mag."

Horst: „Genau das hasse ich an den Kindern von heute – dauernd fragt man sie nach ihrer Meinung. Die sind wie kleine Könige und genauso ungezogen und verwöhnt."

Ich – ganz mutig in die Runde: „Kann es sein, dass keiner von euch Kinder mag?"

Hans Günter grinste: „Leicht angebraten schon."

Ich zog den Kopf ein – tolle Aussichten! Ich war einer Bande von Kinderhassern in die Hände gefallen. Immerhin hatten sie mir noch nicht den Kopf abgerissen.

Horst: „Ganz im Ernst – viele Kinder benehmen sich in der Öffentlichkeit heute so, dass es mich graust. Und niemand tut etwas dagegen, am wenigsten die eigenen Eltern."

Kurt: „Red doch mal Klartext! Was genau stört dich denn an den Kindern von heute so?"

Horst guckte erst etwas unbehaglich in meine Richtung, als wollte er die Frage einfach übergehen, aber dann legte er doch los, weil er wohl dran erstickt wäre, wenn er nix gesagt hätte: „Vierjährige werden wie Gehbehinderte noch im Kinderwagen gefahren. Fünfjährige haben noch eine Nuckelflasche am Hals, als drohte ihnen jederzeit Tod durch Verdursten, wenn sie das Ding loslassen. In dem Alter haben wir früher schon ganz allein draußen gespielt. Und eine Nuckelflasche wäre das *gesellschaftliche Aus** unter Gleichaltrigen gewesen. Kinder sind heute so furchtbar unselbstständig. Die scheinen nur noch an der Hand der Eltern unterwegs zu sein. Also ich hätte mir das als Kind nicht gefallen lassen. Das wäre mir einfach zu langweilig gewesen!"

(Was mag wohl *gesellschaftliches Aus* heißen? Wieder ein Schimpfwort?)

Hans Günter versuchte, Horsts Anfall zu stoppen, indem er einen Witz machte: „Vielleicht brauchen die Blagen heute einfach mehr Flüssigkeit als wir. Klimawandel, Erderwärmung – ihr wisst schon …"

Kurt: „Horst hat schon irgendwie Recht. Ich finde die meisten Kinder auch ziemlich blöd – die gehen mir zum Beispiel einfach auf die Nerven, wenn sie an der Kasse im Supermarkt nach Eis quengeln. Aber schließlich sind Kinder auch Menschen. Und Menschen mag ich eigentlich. Die meisten sind ganz nett, wenn man sie erst besser kennengelernt hat."

Horst – nachdenklich: „Ich weiß nicht einmal wirklich, ob ich Kinder mag. Ich hatte ja nie mit welchen zu tun. Verheiratet war ich nie. Ich sehe nur, wie sich Kinder heute benehmen und es passt mir meistens nicht."

Ich: „Wieso? Was tun wir denn?"

Horst: „Kinder sind laut."

Kurt: „Waren wir auch."

Horst: „Kinder sind so verwöhnt!"

Hans Günter: „Waren wir nicht."

Horst: „Kinder müssen immer irgendwie beschäftigt werden, sonst sind sie die Pest. Es gibt so viele *Bildschirmjunkies** (Eindeutig ein Schimpfwort!). Wenn die im Restaurant sitzen, aufs Essen warten und eine piepende und blinkende Spielkiste anstarren (ich nehme an, er meinte einen Gameboy) und trotzdem jammern, ihnen wäre langweilig, sind sie mir ein Graus!"

Kurt: „Wir haben uns selbst beschäftigt."

Hans Günter: „Ja. Und wie!"

Horst. „Ich bin der lebende Beweis, dass so ein Tag auch ohne Bildschirm rumgeht."

Ich: „Was habt ihr denn gemacht?"

Da schauten sich die drei ganz komisch an. Hans Günter kicherte schon wieder.

Kurt: „Frösche gefangen zum Beispiel. Wir haben ganze Sommerferien lang Frösche gefangen. Wer die meisten oder den größten hatte, hatte gewonnen."

Ich: „Aber das ist verboten! Frösche stehen unter Naturschutz."

Hans Günter: „Siehst du, Ben, das ist der Unterschied zwischen damals und heute. Wir haben nicht danach gefragt, ob etwas verboten ist oder nicht. Wir haben uns einfach leise verdrückt, bis kein Erwachsener uns mehr gesehen hat, und gemacht, was uns gerade einfiel."

Dann haben die Männer das Kaffeegeschirr beiseitegeräumt und ein Kartenspiel auf den Tisch geknallt.

Kurt: „Wir spielen jeden Mittwoch Skat. Und jetzt ist Skat dran. Du kannst ja so lange in den Garten gehen und versuchen, in meinem Gartenteich Frösche zu fangen."

Ich: „Aber …"

Da hat mich Horst so komisch angesehen und gesagt: „Mach's doch einfach!"

Also bin ich in den Garten gegangen. Der war erstaunlich groß: Der Teich war so weit von der Terrasse entfernt, dass man nur noch gedämpft hören konnte, wie am Spieltisch komische Sätze wie „Achtzehn. Zwanzig. Zwo! Passe!" gesprochen wurden. Ein Paar Büsche versperrten die Sicht auf die Kartenspieler. Mir war das nur recht. Endlich war ich mal allein.

Der Teich war ebenfalls groß – sicher vier, fünf Meter breit und acht bis zehn Meter lang. Am Ufer wuchs teilweise Schilf. Auf dem Wasser schwammen Seerosenblätter. Als ich ans Ufer trat, fragte ich mich gerade: „Wo sollen denn hier Frösche sein?" Da machte es ein paarmal „Platsch!" und alle Frösche sprangen in den Teich. Die hatten wohl sozusagen am Strand in der Sonne gelegen.

Ich hatte noch nie einen Frosch gefangen. Aber plötzlich wollte ich das unbedingt schaffen. Wenn die alten Knacker das konnten, als sie noch jung waren, dann würde ich das auch hinbekommen. Denen wollte ich zeigen, dass Kinder von heute nicht alle nur nervig sind und auch etwas schaffen. Ehrensache!
Ganz langsam schlich ich auf den Teich zu. Aber die blöden Frösche tauchten einfach unter, als ich näher kam. Deshalb legte ich mich flach auf den Bauch ans Ufer. Wenn ich mich ganz still verhielt, würden die Viecher sicher wieder an Land kommen, oder?
Aber mit den vier Stück Kuchen im Bauch und nachdem ich letzte Nacht ewig lang wegen der Sorgen um

Mama wachgelegen hatte, bin ich wohl in der warmen Sonne glatt eingeschlafen. Wer kann nachts schon schlafen, wenn er plötzlich bei einem Irren einquartiert wird und wenn seine Mutter einen Unfall hatte? Ich jedenfalls nicht.

Ich wurde wieder wach, als jemand hinter mir leise lachte – klar, schon wieder Hans Günter. Zum Glück konnte der nicht sehen, dass ich einfach eingepennt war. Mein Gesicht lag bequem mit dem Kinn auf meinen Unterarmen und zeigte zum Teichufer, nicht zur Terrasse. Also stand Hans Günter hinter mir.

Und zwischen mir und dem Wasser hockte etwas Grünes so nahe bei meinen Augen, dass ich zuerst nur ein sehr unscharfes Bild sah. Als ich ganz angestrengt schielte, erkannte ich: Da saß ein dicker, fetter, grüner Frosch direkt vor meiner Nase. Ich war total überrascht. Hans Günter hinter mir sagte leise: „Mensch Horst, dein Großneffe ist gar nicht so ein *Blindgänger** wie du uns erzählt hast. Der liegt hier seit zwei Stunden ohne sich zu mucksen wie ein Denkmal auf der Lauer. Guck mal, was der geschafft hat – da sitzt Kurts fettester Frosch keine fünf Zentimeter von ihm entfernt. Hast du sowas schon gesehen?!"

Stühlerücken hinter mir, Rascheln von Schuhen im Gras. Dann hörte ich Horst knurren: „Wirklich erstaunlich! Aber gefangen hat er ihn nicht."

Kurt: „Frösche fangen kann jeder Depp. Aber sich so nah an Frösche anpirschen wohl eher nicht."

Klasse! Die drei hatten überhaupt nicht gemerkt, dass ich einfach aus Versehen eingeschlafen war. Und sie dachten, ich hätte den Frosch angelockt, indem ich mich ganz lange ganz ruhig verhalten hätte, eben wie ein Jäger auf der Pirsch. In diesem Moment raschelte noch ein Schritt hinter mir im Gras – der Frosch sprang hoch und hechtete seitlich ins Wasser.

„Manno!", maulte ich vorsichtshalber. „Jetzt habt ihr ihn verscheucht."

Dann kam etwas, davon hätte ich vor zwei, drei Stunden nicht einmal geträumt. Horst sagte: „Entschuldigung!" Und er klang fast so, als wollte er sich wirklich entschuldigen.

Kurt: „Dann können wir Ben vielleicht doch morgen zum Angeln mitnehmen. Offensichtlich kann der ja besser stillsitzen als wir."

Ich: „Ihr geht angeln?"

Hans Günter: „Ja. Jeden Donnerstag gehen wir angeln."

Ich: „Dienstags Boule. Mittwochs Skat. Donnerstags Angeln. Immer dasselbe? Das wird doch langweilig!"

Horst: „Wir sind Rentner, Ben. Wir sind alte Leute. Das Schlimmste, was alten Leuten passieren kann, ist, dass sie nichts mehr vorhaben. Dann sind sie nämlich entweder tot oder total gaga. Wir drei haben immer etwas vor. Aber alte Leute hängen auch an ihren Gewohnheiten. Deshalb haben wir welche."

Hans Günter: „Es ist ja auch immer anders, wenn wir spielen oder angeln."

Ich: „Wie? Immer anders?"

Hans Günter: „Nie fallen die Kugeln zweimal gleich. Nie gleichen sich zwei Skatspiele. Und beim Angeln ist es noch abwechslungsreicher."

Ich – vorsichtig: „Das ist ein Witz, oder?"

Kurt: „Jemand, der fast zwei Stunden lang auf meinen dicksten Frosch pirscht, wird angeln wunderbar finden."

Ich: „Ich soll stundenlang zugucken, wie Regenwürmer gebadet werden?"

Hans Günter: „Ich habe da so eine leichte Stipprute. Hatte ich mal für meine Enkel angeschafft. Aber die haben keinen Sinn für sowas. Ganz anders als du, Ben. Du kannst ja morgen damit dein Glück versuchen."

Ich: „Ich darf mal mitmachen? Ist das Ihr Ernst?!"

Da hat er mir die Haare durchgewuschelt und gesagt: „Ich heiße nicht Ernst. Ich heiße Hans Günter."

Und Kurt hat gesagt: „Und ich heiße für dich ab heute Kurt und habe noch zwei Stücke Kuchen für dich, wenn du schneller bist als die Wespen."

Auf dem Heimweg machten wir Halt bei einem kleinen Laden. Horst schloss sorgfältig unsere Fahrräder ab, dann gingen wir hinein. Er kaufte Brot, ein paar Äpfel und blieb dann vor einem Regal mit Konserven stehen. Schon wollte er nach einer Dose mit Linsensuppe greifen, da blieb seine Hand wie erstarrt in der Luft hängen. Unentschlossen schaute er sich unter den Konserven um. Dann kam ein übertrieben langer Seufzer und er fragte: „Was hättest du denn gern, Ben?"

Ich konnte ein Grinsen so gerade eben unterdrücken.
Ich: „Wie wär's denn mal mit Ravioli?"
Horst: „Muss das sein? Die schmecken wie Pappe!"
Über Geschmack kann man eben streiten. Ich fand, dass Kohlrouladen wie nasse Pappe aussahen und schmeckten, aber das hab' ich in dem Moment nicht gesagt. Ich sah mir die Konservendosen der Reihe nach an. Lauter Zeug, das ich nicht mochte. Deshalb habe ich gefragt: „Kochst du denn nie etwas Frisches?"
Horst: „Zu viel Aufwand. Dazu habe ich keine Lust."
Ich: „Lohnt sich aber. Das schmeckt besser. Und gesünder ist es auch, sagt Mama."
Horst: „Da hast du es. Mama. Bei mir gibt es keine Mama, die kocht."
Ich: „Bei mir zu Hause steht nicht nur meine Mutter am Herd. Ich kann auch kochen!"
Horst: „Ach nee? Was kannst du denn kochen?"
Ich: „Spiegeleier auf Schinken, Hamburger, Currywurst, Spaghetti mit Pesto …"
Horst unterbrach mich: „Du kannst selber Hamburger machen?"
Ich: „Die gibt's gefroren. Ist ganz einfach. Dann nimmt man Vollkorntoast dazu und frischen Salat und, wenn

man will, Käse und Tomaten und ein bisschen Ketchup und …"

Da hat mich Horst schon wieder unterbrochen: „Das will ich sehen! Kauf mal ein!"

Mir ist ein bisschen mulmig geworden. Wenn das jetzt schiefging?

Aber dann habe ich allen Mut zusammengenommen und gesagt: „Das kann ich nur bei Aldi einkaufen. Da weiß ich genau, was ich brauche."

Horst hat zwar gemeckert, weil er sonst nie zu Aldi ging, obwohl ein Laden gleich in der Nähe seiner Wohnung lag. Aber keine halbe Stunde später standen wir in seiner Küche. Er hat mir nur gezeigt, wo ich alles finde, was ich brauche, und mich dann machen lassen. Nur einmal hat er die Pfanne vom Herd genommen. Da waren die ersten vier Burger auf der Unterseite schon ziemlich dunkel. Aber das war wohl nur so, weil sein Herd viel heißer wird als der von Mama. Konnte man aber noch essen.

Gut, dass ich so viel Übung darin hatte, Burger zu machen. Horst hat nämlich gestaunt, dass ich das alles gut geregelt bekommen habe mit dem Brot und dem Salat. Und seine Küche sah hinterher eigentlich immer noch prima aus. Wir mussten nur ein bisschen auf dem Herd wischen.

Ich hab' drei Burger auf Toast verputzt, Horst hat sieben gefressen. Wir mussten wirklich noch einmal in die

Küche, nachdem er die ersten Burger probiert hatte.

„Lecker!", hat er nur gesagt und: „Davon brauche ich noch mehr."

Weil es ihm so gut schmeckte, habe ich mich getraut zu fragen: „Kann ich Mama eigentlich mal besuchen? Sie würde sich bestimmt freuen."

Da hat er nur „Mal sehen" gebrummt. Aber immerhin hat er gespült, obwohl ich eigentlich dran gewesen wäre.

7. Kapitel

[Donnerstag, 14. Juli, ganz früh am Morgen]

Horst weckte mich. Es war noch beinahe dunkel, als er in mein Zimmer kam.

„Jetzt spinnt er total!", hab' ich gedacht. Aber es war kein Versehen, der wollte wirklich so früh aufstehen. Dabei war es erst fünf Uhr!

„Dann sind wir um sechs am See und haben die Angeln draußen", hat mir Horst erklärt. „Fische beißen früh-morgens besser als mitten am Tag." Er sah noch ein bisschen bescheuerter aus als sonst, denn er hatte nicht nur seine Cordhose und die dicken Schuhe an, sondern dazu einen grünen Hut auf dem Kopf.

Zum Glück achtete mein Großonkel nicht so aufs Waschen und Zähneputzen wie meine Mutter. Ich war wirklich nur ganz kurz im Bad, aber er hat es nicht gemerkt. Ich war so verschlafen, dass ich nicht mal Appetit auf ein Frühstück hatte.

Horst: „Später wird aber nicht gemeckert, weil du Hunger bekommst."

„Schon klar", hab' ich nur gedacht. „Mittlerweile kenn' ich dich ein bisschen besser."

Zum Glück mussten wir nicht mit dem Rad wer weiß wie weit zum Angelsee strampeln. Hans Günter holte uns mit seinem Auto ab.

„Guten Morgen! Ich habe sogar daran gedacht, bei meiner Tochter einen Kindersitz auszuleihen!", verkündete er ganz stolz, als er ankam. Nach den Erfahrungen mit dem Fahrrad habe ich den Mund gehalten, obwohl der Kindersitz total voller Krümel und Flecke war. Igitt!

Nach einer guten Viertelstunde kamen wir an einen kleinen Parkplatz mitten im Grünen. Dort wurde das Auto abgestellt. Kurt schloss ein Tor auf, an dem ein Schild hing, auf dem stand: „Privat – Betreten verboten! Vorsicht – Selbstschussanlagen!"

Ich hab' fast einen Herzstillstand gekriegt! Dass hier geschossen werden sollte, schien mir gut zu den alten Knackern zu passen.

Kurt: „Das Gelände gehört dem Angelverein. Keine Angst wegen der angeblichen Selbstschussanlagen. Die gibt es nur auf dem Schild hier. Das hält unerwünschten Besuch fern."

Horst: „Beim Angeln herrscht Ruhe, Ben. Einen *hyperaktiven Großstadtneurotiker** können wir hier nicht brauchen. Es wird nicht gezappelt und nicht gequatscht, so wie gestern, als du dich an den Frosch angeschlichen hast, klar?"

Hans Günter: „Ich zeige dir, wie es geht. Eine Angel für dich habe ich mitgebracht."

Ich hab' nur genickt. Dann haben wir eine Menge Zeug zum Wasser geschleppt: mehrere Angelruten, Stühle, eine Kühlbox mit Ködern, so eine Art Werkzeugkasten, Halter für die Angeln, einen Sonnenschirm, einen Kescher, einen Eimer für Fische. Ich hab' gedacht, die wollten ans Seeufer umziehen.

Am See war es noch ganz ruhig. Ich meine, da waren keine Geräusche von Menschen. Wir waren ganz allein. Ich bin noch nie so früh draußen gewesen. Da liegt so ein merkwürdiges Rauschen in der Luft, eine Art Brausen, als wollte der Tag von weitem sagen, dass er noch eine Menge vorhat mit seiner Zeit.

Die drei Angler haben gefummelt und gemacht, sortiert und gehampelt. Das hat vielleicht gedauert, bis die alle ihre Angelruten so weit hatten, dass die Köder im Wasser waren. Und von wegen ruhig! Dauernd hat einer leise vor sich hin geschimpft: Kurt hat sich den Finger beim Aufklappen seines Hockers geklemmt. Horst konnte in dem komischen Werkzeugkasten einen bestimmten Schwimmer nicht finden und bei Hans Günter hatte sich die Angelschnur verheddert. Dem durfte ich schließlich helfen, weil er trotz seiner Brille die dünne Nylonschnur nicht gut genug sehen konnte, um den Knoten selber rauszumachen. Dann saßen die drei auf ihren Klappstühlen und starrten wie Denkmäler aufs Wasser. Ich hab' nur dabeigestanden und zugesehen. Da plötzlich hat sich Hans Günter erinnert, dass er mir auch eine Angel geben wollte. Aus einer Stoffhülle holte er ein Bündel Bambusstöcke. „Steck die mal zusammen!", befahl er mir.

Die Stöcke waren alle unterschiedlich dick. Ziemlich schnell hatte ich kapiert, dass der dickste ganz unten war, den nächstdünneren konnte man oben reinstecken. Und so hatte ich flott alle fünf Bambusstäbe zu einer Angel zusammengesteckt. Inzwischen hatte mir Hans Günter eine Angelschnur zurechtgemacht.

Er erklärte mir ganz leise: „Da hast du deine Schnur. Schau mal, die befestigt man so an der Angel. Das dicke Plastikding, das da unten aufgefädelt ist, ist der Schwimmer. Der schwimmt tatsächlich oben auf dem Wasser. Aber wenn ein Fisch im Wasser den Köder vom Haken knabbern will, dann taucht der Schwimmer ein bisschen unter. Du kannst das Eintauchen sehen und dann reißt du mit einem Ruck an der Angel. Dabei bohrt sich der Haken beim Fisch ins Maul und du kannst ihn aus dem Wasser ziehen."

Ich: „Tut das dem Fisch nicht weh?"

Hans Günter: „Keine Ahnung. Das habe ich mich noch nie gefragt."

Ich: „Muss ich denn einen Wurm auf den Haken spießen? Das tut doch dem Wurm bestimmt weh?"

Horst: „Hast du etwa gestern gefragt, ob deinem Burger etwas weh getan hat, bevor er Tiefkühlkost wurde?"

Da hab' ich mich nicht mehr getraut, weiterzufragen. Dummerweise hatte Horst ja auch recht.

Hans Günter hat mir ein altes Brötchen gegeben. Etwas von dem Weißen aus dem Inneren hat er zu einer kleinen Kugel zusammengedrückt und auf den Haken gespießt.

Hans Günter: „Das ist dein Köder. Ich stelle die Angel so ein, dass der Köder nicht zu tief im Wasser hängt. Im flachen Wasser sind nicht so große Fische unterwegs. Du willst ja keinen Hai fangen beim ersten Mal, oder?"

Horst: „Und wenn jemand kommt, legst du die Angel sofort auf den Boden. Die hast du nur mal eben kurz festgehalten, klar?"

Ich: „Wieso?"

Kurt: „Weil du keinen Angelschein hast. Oder hast du einen?"

Ich: „Nein. Was ist das überhaupt?"

Horst: „Sowas wie ein Führerschein für Angler. Man muss eine Menge lernen und eine Prüfung machen, um einen Angelschein zu bekommen. So eine Prüfung kannst du auch erst machen, wenn du ein paar Jahre älter bist. Schließlich sind Fische Lebewesen und man sollte schon wissen, wie man damit umgehen muss. Außerdem bist du nicht Mitglied im Angelverein."

Ich: „Also ist das verboten, wenn ich hier angle?"

Horst: „Ja."

Ich: „Aber …"

Horst: „Wir sind doch dabei, oder? Du kannst nichts falsch machen, es sei denn, wir quatschen weiter, dann fangen wir heute garantiert nichts mehr. Und du wirst

bestimmt nicht den See leerfischen. Also, was soll's? Willst du jetzt angeln oder dich an irgendwelche Regeln halten, die gerade keinen Sinn haben?"
Ich: „Angeln."

Dann war Ruhe.
Nur die Vögel brüllten. Ich fand, die waren so laut, dass man das unmöglich Singen nennen konnte. Das Brausen aus der Luft verschwand langsam und wurde abgelöst von den ganz normalen Geräuschen eines Tages. Die Mücken hatten mich bald entdeckt – ich hatte dummerweise Shorts angezogen. Nie hätte ich gedacht, dass ich Horst mal um seine blöden Cordhosen beneiden würde – aber nach dem siebten Stich war es so weit.
Keiner sagte ein Wort. Die Sonne stieg höher und war schon wieder ziemlich warm. Mit der Wärme wuchs mein Hunger.
Ich starrte auf meinen Schwimmer, bis mir die Augen wehtaten. Er war mit lauter bunten Streifen bemalt. Im Morgenwind tauchte er mit wippenden Bewegungen in die ganz kleinen Wellen auf dem Wasser – aber er tauchte nicht unter, so als hätte ein Fisch nach dem Köder geschnappt. Einmal riss Kurt an seiner Angel. Horst knurrte nur fragend und Kurt meinte leise: „Dachte, ich hätte einen Biss."
Mein Hintern tat bald schrecklich weh, weil ich auf dem harten Werkzeugkasten saß – da war übrigens kein

Werkzeug drin, sondern eine Menge an Angelschnüren, Bleigewichten, Schwimmern und so ein Zeug. Ich fragte mich langsam, ob es nicht schrecklich blöd von mir gewesen war, hier mitzumachen, bloß um auch mal dazuzugehören. Ich hätte wohl besser abgelehnt zu angeln, und mich ein bisschen am See umsehen sollen. Das wäre nicht so langweilig gewesen. Da plötzlich zuckte mein Schwimmer. Mit einem Schlag war ich hellwach! Hans Günter hatte das Zucken ebenfalls bemerkt. Er legte mir die Hand auf den Arm und wisperte: „Der knabbert erst mal. Nicht zu früh rucken."
Noch ein Zucken am Schwimmer. Was sollte ich tun? Aus den Augenwinkeln schielte ich zu meinem Großonkel hinüber. Horst schüttelte kaum sichtbar den Kopf. Dann tauchte mein Schwimmer mit einem Ruck ganz weg. Ich hab' an der Angel gerissen, so doll ich nur konnte. Ein kleiner Fisch flog förmlich aus dem Wasser – und klatschte Kurt mitten auf die Glatze. Richtig begeistert war er nicht (ich meine Kurt, nicht den Fisch), aber Horst und Hans Günter prusteten vor Lachen.

Der Fisch war so lang wie zwei meiner Finger. Und ich hatte als Erster einen gefangen! Das Fischlein zappelte wie wild am Ende der Angelschnur. Ich war total aufgeregt und hatte keine Ahnung, was zu tun war.
Ich: „Oh, geil! Mein erster Fisch!"
Horst: „Du könntest auch sagen: *klasse!*"
Kurt: „Oder *toll!*"

Hans Günter: „Oder noch besser, du sagst *super!*"

Aber diesmal klangen alle drei nicht so mies wie beim ersten Mal, als sie darauf herumhackten, dass ich das angeblich so schreckliche Wort wieder benutzt hatte. Die haben sich mit mir über meinen Fang gefreut.

Kurt: „Das ist übrigens ein Rotauge, Ben. Schau es dir genau an, damit du die Fischart beim nächsten Mal erkennst."

Ich: „Wie mach' ich denn den vom Haken ab?"

Horst: „Das mache ich. Du bist bitte beim nächsten Mal beim Hochreißen der Angel ein bisschen vorsichtiger. Schau, da sind Widerhaken, die muss man behutsam lösen."

Horst hielt den kleinen Fisch fest. Nur der Schwanz und das schnappende Mäulchen schauten aus seiner großen Hand. Die Fischaugen waren tatsächlich ein bisschen rot und glotzten uns ängstlich an.

Ich: „Und jetzt?"

Horst: „Mach den Eimer voll Wasser. Da setzen wir den kleinen Burschen rein. Du kannst ihn dann ein bisschen beobachten und erst wieder in den See werfen, wenn wir gehen."

Ich: „Ich muss ihn zurück ins Wasser tun?"

Horst: „Ja. Der ist noch zu jung für die Pfanne. Und für ein Aquarium ist es die falsche Art. Für so etwas gibt es Regeln. Die lernt man übrigens beim Pauken für den Angelschein."

Meinen Hunger hatte ich beinahe vergessen. Aber das Wort Pfanne erinnerte mich daran, dass ich nicht gefrühstückt hatte. Ich legte die Angel beiseite und sah mir den kleinen Fisch an, der hektisch in dem Eimer hin und her schwamm.

Mein Fisch! Mein erster Fisch. Ich war so stolz!

Dann hab' ich mir die Angel geschnappt, einen neuen Brotbrocken auf den Haken gesteckt und sie wieder ausgeworfen. Das war auf einmal wie eine riesige Gier in mir – ganz komisch. So ein Gefühl hatte ich noch nie! Ich wollte noch einen Fisch fangen. Ach was: Ich wollte hundert Fische fangen, am besten ganz, ganz große!

Aber an diesem Morgen fingen wir gar nichts mehr. Hans Günter schob mir das alte Brötchen rüber, als mein Magen ab halb elf laut knurrte. Ich hab' es blitzschnell aufgefuttert. Um Punkt elf holten die drei Rentner ihre Angeln ein. Es hatte sich nichts mehr getan.

Aber mir war das egal. Das war irre spannend gewesen, so über den See zu schauen und nicht zu wissen, was sich unter Wasser gerade abspielte. Angeln hatte ich mir ganz anders vorgestellt – todlangweilig nämlich. Aber wenn erst einmal diese komische Gier da ist ...

Ich: „Müssen wir wirklich schon gehen?"

Hans Günter lachte mal wieder: „Ben hat es voll erwischt. Das wird wohl der nächste Angler in der Familie Kammer."

Horst: „Da muss er erst mal einen Angelschein machen."

Kurt: „Aber der kann doch mit dir angeln gehen. Wir haben immerhin im Angelverein schon ein paar Jungs in seinem Alter. Du könntest sein Angel-Pate sein, bis er alt genug ist, die Prüfung für den Angelschein zu machen."

Horst: „So lang wird er ja wohl nicht bei mir wohnen."

Da erst fiel mir wieder ein, dass mein Großonkel mich nicht leiden kann und ich ihn auch nicht. Und dass er mich verhungern lassen wollte und mich zur Arbeit gezwungen hat.

8. Kapitel

Das ist mir sowas von peinlich! Ich muss auf der Rück-
fahrt vom Angeln glatt im Auto eingeschlafen sein.
Kann ja passieren, wenn man mitten in der Nacht einfach aus dem Bett geworfen wird.

Wach geworden bin ich jedenfalls erst so gegen zwei
Uhr nachmittags wieder in meinem Bett, also genauer
gesagt auf Horsts Sofa. Das heißt, Horst hat mich wohl
schlafend bis oben getragen, als wäre ich ein kleines
Baby. Ich könnte kotzen bei dem Gedanken, dass ich
nicht mal wach geworden bin, als er mich aus dem Auto
gehoben hat!

Der Wagen von Hans Günter hat keine Klimaanlage.
Der war heiß wie ein Backofen, als wir eingestiegen sind
nach dem Angeln. Ich hab' gestöhnt, ob Hans Günter
denn nicht seine Klimaanlage anstellen könnte, weil mir
so warm war. Da hat Horst nur gelacht: „Weichei! Kann
sich nicht mal ein Auto ohne Klimabox vorstellen!"
Kein Wunder, wenn man in so einem Backofen ein-
nickt! Wahrscheinlich bin ich wegen der Hitze be-

wusstlos geworden und überhaupt nicht eingeschlafen. Kindesmisshandlung, ganz klar.

Ich hatte vielleicht einen Hunger, nachdem ich wach geworden war! Das Frühstück war ja mehr oder weniger ausgefallen und das Mittagessen hatte ich offensichtlich verschlafen. Die kleine Uhr auf einem der Regalbretter im Zimmer zeigte mir, dass es noch eine ganze Stunde bis zum Ende der Mittagsruhe dauern würde. Mein Magen knurrte schrecklich. Mir war vor Hunger richtig schlecht. Sollte ich jetzt in die Küche schleichen und einfach den Kühlschrank leerfressen? So wie ich meinen Onkel bisher kennengelernt hatte, würde der mich erwischen. Und von einem kahlgefressenen Kühlschrank würde er auch wenig halten.

Als ich mich schließlich an den Schreibtisch setzen wollte, um aufzuschreiben, was heute alles passiert war, habe ich erst bemerkt, dass dort ein großer Teller stand: Darauf lagen ein Apfel, drei dicke Scheiben Brot und Käse und Wurst zum Belegen. Alles war mit dünner Folie abgedeckt, damit nichts vertrocknet. Eine Flasche Sprudel stand auch dabei.

Ich hab' alles in Rekordzeit gefuttert. Sonst wäre ich bestimmt schon heute verhungert!

Um drei hatte ich alles aufgeschrieben, was es bisher zu berichten gab. Eigentlich erwartete ich, dass mein Großonkel wieder die Tür öffnen und verkünden würde, was er als Nächstes mit seinen Freunden machen würde. Aber nichts geschah.

Es wurde zehn nach drei.

Um zwanzig nach drei hab' ich ganz leise die Klinke runtergedrückt und auf den Flur geschaut. Nichts. Die Küchentür stand offen, aber da war mein Großonkel auch nicht. Im Bad konnte er eigentlich nicht sein, sonst hätte der rote Punkt auf dem Lichtschalter geleuchtet. Man musste in dem Bad hier nämlich immer das Licht anmachen, weil es kein Fenster hat. „Und im Dunkeln wird ja wohl nicht mal so ein Vollhorst wie mein Groß-onkel im Badezimmer verschwinden", dachte ich mir.

„Und wenn ihm was passiert ist? Der ist doch schon uralt!", schoss es mir als Nächstes durch den Kopf. Des-halb bin ich zum Wohnzimmer geflitzt und hab' die Tür aufgerissen.

Mein Großonkel saß gemütlich mit einem Buch in der Hand in seinem Lesesessel. Er hat mich streng über sei-ne Brille angesehen und nur gefragt: „Ist was?"

Zuerst fiel mir nichts zu sagen ein. Ich konnte ihm ja nicht einfach an den Kopf werfen, dass ich für einen Augenblick gedacht hatte, er könnte tot irgendwo in der Wohnung herumliegen, weil sowas bei alten Leuten schon mal vorkommt.

Also hab' ich nur gefragt: „Die Mittagszeit ist rum. Was machen wir jetzt?"

Horst: „Ich habe dir schon einmal gesagt, ich bin nicht dein Pausenclown."

Ich: „Aber bisher hast du immer nachmittags was unternommen."

Horst: „Wir waren doch heute Morgen schon auf Angeltour. Reicht das nicht? Du warst immerhin der Einzige, der einen Fisch gefangen hat! Ich hatte nicht so viel Glück."

Ich: „Aber was machen wir heute Nachmittag?"

Horst: „Kurt und Hans Günter sind nur meine Freunde. Wir sind nicht verheiratet. Und wir hängen uns nicht rund um die Uhr gegenseitig auf der Pelle. Ich lese jetzt. Mir ist es draußen zu warm. Da finde ich meine Altbauwohnung wunderbar, denn hier in dem alten Gemäuer ist es immer schön kühl."

Ich: „Und was soll ich so lange machen?"

Horst hat nur die Achseln gezuckt: „Such dir ein Buch."

Ich: „Ich hab' aber keine Lust auf Lesen."

Horst: „Kannst ja über ein leckeres Abendessen nachdenken. Ich habe heute Mittag auch nicht warm gegessen, weil du ... eine Denkpause eingelegt hattest."

Da bin ich erstmal richtig rot geworden im Gesicht, weil mir mein Mittagsschlaf immer noch total peinlich war. Aber wenigstens hat der alte Knilch nicht weiter darauf herumgeritten.

Ich: „Was willst du denn essen?"

Horst: „Fragen wir lieber so herum: Was kannst du denn kochen?"

Ich: „Currywurst mit Pommes!"

Horst: „So etwas kannst du? Ich habe aber keine Fritteuse. Aus den Pommes wird deshalb wohl nichts."

Ich: „Es gibt Pommes, die man im Backofen machen kann."

Horst: „Hm. Na gut. Versuchen wir es. Ich nehme an, du musst mal wieder in diesen Discounter, um alle Zutaten einzukaufen. Hier hast du zehn Euro. Kauf ein, bring den Kassenzettel und das Restgeld mit. Mir wäre es übrigens lieber, du gehst zu Fuß und nimmst nicht dein Fahrrad."

Ich hab' erst mal geschluckt: „Ich soll allein einkaufen?"

Horst – genervt: „Der Aldi ist keine fünfhundert Meter die Straße runter. Ist das mal wieder zu viel verlangt?"

Ich schluckte nochmal. Ich hatte noch nie allein eingekauft. Wo wir früher gewohnt hatten, auf dem Dorf, da gab es nicht einen einzigen Laden. Wenn ich einkaufen war, dann mit Mama per Rad oder Auto gemeinsam im Nachbardorf oder noch weiter weg in der nächsten Stadt.

Horst verdrehte die Augen: „Was seid ihr nur für komische Kinder heutzutage! Ich musste schon mit drei oder vier Jahren für meine Mutter zum Bäcker oder zum Metzger einkaufen gehen."

Ich – böse: „Klar. Damals war alles besser! Der Unterschied ist nur, der Bäcker und der Metzger von früher, die kannten dich wahrscheinlich und haben dir geholfen. Wenn ich heute irgendwohin gehe, um einzukaufen, kennt mich kein Schwein. Und da hilft mir auch keiner, wenn ich Hilfe brauche."

Horst schaute mich prüfend an: „Ben, damit hast du vielleicht sogar recht. Schaffst du es trotzdem, uns etwas fürs Abendessen zu kaufen oder nicht? Schließlich bist du keine drei oder vier Jahre alt."

Ich nickte entschlossen. Horst reichte mir einen Zehn-Euro-Schein und eine Tragetasche aus Stoff. Dann verblüffte er mich schon wieder, als er sagte: „Bleib bitte nicht zu lange weg. Sonst mache ich mir Sorgen." Ich hätte eher gedacht, er wäre froh, wenn ich mich endlich in Luft auflöse.

Draußen war es wirklich heiß. Ich marschierte die Pappelalle hinunter und ließ die Tasche gegen meine Beine baumeln. Das Geld hatte ich fest zusammengerollt in meiner Hand.

Sorgen. Horst würde sich höchstens Sorgen machen, wenn ich nicht mehr bei ihm auftauchte und er irgendwann der Polizei erklären müsste, wo ich abgeblieben war. Aber der machte sich doch keine Sorgen um mich! Nie im Leben. Horst und seine beiden Kumpel kümmerten sich nur um sich selbst und das, was sie gerade machen wollten. Die waren fast wie kleine Kinder!

Mittlerweile hatte ich den Aldi erreicht. Ich versuchte noch einmal zu überlegen, was man alles einkaufen musste, wenn man ein Essen mit Currywurst, Salat und Pommes plante. Auf keinen Fall wollte ich etwas vergessen.

Und schon hatte ich das erste Problem! Ich hatte keinen Chip für den Einkaufswagen, sondern nur den blöden Geldschein. Deshalb musste ich in den Laden, stellte mich brav an der Schlange vor der Kasse an und ließ mein Geld wechseln, sodass ich schließlich eine passende Münze für den Einkaufswagen bekam. Als Erstes warf ich ein Paket Grillwürste in den Wagen. Dann suchte ich Ketchup. Ob Horst wohl Currypulver unter seinen paar Gewürzen hatte? Currywurst ohne Currypulver wäre nur das halbe Vergnügen. Und ich wollte doch Erfolg haben beim Kochen! Wo zum Teufel versteckten die bei Aldi ihre Gewürze? Ich suchte so lange herum, bis mich eine nette ältere Dame fragte: „Kann ich dir vielleicht helfen?" Sie zeigte mir, wo die Gewürze standen. Ich brauchte meinem Großonkel ja nichts davon zu erzählen, dass einem nicht nur vor hundert Jahren geholfen wurde …

Die Pommes für den Backofen zu finden, war dagegen ein Kinderspiel. Dann fiel mir ein, dass ich auch noch Salat mitnehmen wollte. Meine Mutter bereitete immer frischen Salat zu den Currywürsten. Ich entschied mich für eine Gurke. Aber schon tauchte die nächste Frage auf: Wie sollte ich eine Salatsauce hinbekommen? Dazu würfelte meine Mutter immer Zwiebeln, mischte Essig und Öl und Pfeffer und Salz. Frische Zwiebeln hatte der Konservendosenesser Horst bestimmt nicht im Haus. Als ich dann sah, was sich alles in meinem Einkaufswagen stapelte, hatte ich plötzlich Angst, dass mein Geld nicht reichen könnte. Auf keinen Fall wollte ich an der Kasse stehen und sagen müssen: „Tut mir leid, ich habe nicht genug Geld dabei, um das alles zu bezahlen." Wie Kassiererinnen dann gucken, das habe ich schon bei anderen Leuten miterlebt. Und ich wollte auf gar keinen Fall, dass mich so eine wütende Kassiererin ansieht, als wollte sie mich in der Luft zerreißen.

Also fuhr ich mit meinem Einkaufswagen noch einmal kreuz und quer durch den Laden, um alle Preise anzusehen und im Kopf zusammenzurechnen. Das dauerte. Und ohne Papier war es auch echt schwierig. Aber am Ende war ich mir sicher: Mein Geld würde reichen.

[9. Kapitel]

Du lieber Himmel: Ich hatte erst den halben Weg zu Horsts Wohnung zurückgelegt, da kam er mir schon im Eiltempo entgegen.

„Ben, wo bleibst du denn nur? Wieso hast du so lange gebraucht?", fragte er und klang nicht böse, sondern wirklich eher besorgt. Komisch.

Da hab' ich ihm erklärt, dass ich erst keinen Chip für den Einkaufswagen hatte, dann ziemlich viel in dem Laden hin und her suchen musste und am Ende noch einmal alles zusammengerechnet hatte. Zum zweiten Mal entschuldigte sich Horst bei mir: „Tut mir leid! An den Chip für den Einkaufswagen hätte ich wirklich denken können."

Bevor ich richtig nachgedacht hatte, sagte ich: „Kann doch passieren. Du bist ja schon alt, da vergisst man immer alles."

Horst: „Du hältst mich wohl für einen richtig verblödeten Tattergreis, was?" Er klang nicht wirklich glücklich, als er das sagte.

Ich hab' versucht, noch was zu retten: „Nee. Gar nicht."

Horst: „Für wie alt hältst du mich eigentlich?"

„Au Mist", hab' ich mir gedacht. Wenn mich jemand noch für neun hielt, dann war ich stinksauer, und wenn einer mich auf elf schätzte, fühlte ich mich verarscht. Ich hatte doch keine Ahnung, wie alt Horst war!

Ich – ganz vorsichtig: „So um die achtzig vielleicht?"

Horst: „Weit daneben!"

Ich: „Ich kenne keine alten Leute. Wie soll ich dich da vernünftig einschätzen?"

Horst – nachdenklich: „Genau das ist das Problem bei uns beiden – ich kenne keine jungen Leute. Wie soll ich dich da vernünftig einschätzen? Ich bin übrigens neunundsechzig."

Verdammt! Da hatte ich aber wirklich weit daneben gelegen. Ob er deshalb böse war?

Horst: „Weißt du was? Jetzt bin ich einmal raus aus meiner Wohnung. Da können wir auch noch etwas unternehmen. Wir gehen ein Eis essen. Eine Querstraße weiter ist eine richtig gute Eisdiele. Das ist genau das Richtige an so einem heißen Nachmittag."

Dann nahm er mir die Einkaufstasche ab, die mittlerweile ziemlich schwer geworden war und in meine Finger schnitt. Eis klang gut. Aber irgendwie traute ich ihm nicht über den Weg. Bisher war er nicht freundlich zu mir gewesen.

Oder doch – es war nett gewesen, mir heute Mittag einfach einen Teller mit Essen hinzustellen.

Und nichts dazu zu sagen, dass ich im Auto eingeschlafen war, das hätte nicht jeder geschafft.

Und die Burger hatten ihm geschmeckt. Das hatte er auch gesagt. Das war nett.

Und dass er sich bei mir schon zweimal entschuldigt hatte. Das war eigentlich auch nett. Sich entschuldigen, das machen viele Erwachsene bei Kindern nie.

Außerdem hatte ich jetzt ein Fahrrad, auch wenn ich das Teil ziemlich hässlich fand. Aber es war auf jeden Fall besser als kein Fahrrad zu haben – und es lief ziemlich gut.

Vor der Eisdiele standen ein paar Stühle und Tische auf dem Gehweg. Mein Großonkel machte eine einladende Geste, damit ich mir einen Platz aussuchte. Dann kam ein kleiner Mann mit Schürze angelaufen: „Ah, Signore Kammer! Wieder einmal Lust auf Eiskaffee? Und heute sind Sie sogar in Begleitung!"

Horst: „Buongiorno, Signore Moria! Darf ich vorstellen? Mein Großneffe Ben."

Der Mann – überhaupt nicht komisch: „Der ist aber noch ziemlich klein, der sogenannte Großneffe."

Horst: „Aber ein großartiger Koch."

(Da war er schon wieder nett!)

Der Mann: „Ah, ein Kollege! Einem Kollegen empfehle ich unser Spaghetti-Eis, das beste in der ganzen Stadt. Und weil du, Ben, auch Koch bist, mit extra viel weißer Schokolade oben drauf, wenn du magst."

Ich hab' erst meinen Großonkel angesehen, ob das in Ordnung geht. Der nickte nur. Da hab' ich einfach „Ja bitte" gesagt. Mein Großonkel hat sich einen Eiskaffee bestellt.

Horst: „Während du deine Mittagspause gemacht hast, hat deine Mutter angerufen."

Und sofort hab' ich vergessen, dass ich gerade erst gemerkt hatte, wie oft er schon nett zu mir war. Der hätte sich doch wohl denken können, dass ich unbedingt mit meiner Mutter sprechen will! Warum hatte er mich nicht sofort gerufen? Blödmann!

Horst: „Anrufen aus dem Krankenhaus ist meistens sehr teuer. Ich habe nur ganz kurz mit ihr gesprochen."

Ich – stinksauer: „Das kann ich mir denken! Du hast ja auch vorher nie mit ihr geredet."

Horst: „Weshalb bist du plötzlich so wütend? Ich habe ihr nur gesagt, dass wir sie später noch einmal anrufen, damit du in Ruhe mit deiner Mutter sprechen kannst. Dann kostet es sie nicht so viel, wenn wir das von meinem Apparat aus machen."

Oh Mann … Ich hab' einen ganz roten Kopf bekommen, als er das sagte. Er hatte das alles ganz anders gemeint, als ich es verstanden hatte. Gut, dass ich mich tief über meinen Eisteller beugen konnte, um mich zu verstecken. Das Eis war übrigens wirklich köstlich.

„Schmeckt g…anz besonders lecker", hab' ich gesagt, und war heilfroh, dass ich den Satz gerade noch so hinbekommen habe, dass Horst sich nicht schon wieder aufregen musste. Aber ich glaub', er hat gemerkt, dass ich beinahe schon wieder *geil* gesagt hätte. Ein ganz kurzes Blinzeln in seinen Augen schien mir zeigen zu wollen: „Ich habe gemerkt, dass du es nicht gesagt hast. Danke!"

Nach einer Weile musste ich endlich eine wichtige Frage stellen, weil mir die Gelegenheit günstig erschien: „Warum sprecht ihr eigentlich nicht miteinander, du und Mama? Habt ihr euch mal gestritten?"
Horst: „Hm." (Dann kam eine lange Denkpause.) „Ja und nein. Ehrlich gesagt, ich finde es unmöglich, dass sie ein Kind hat, ohne verheiratet zu sein."
Ich: „Aber das ist doch überhaupt nicht unmöglich. Ich bin schließlich hier."
Horst: „So meinte ich das nicht. Nicht *unmöglich* im Sinne von *nicht machbar*. Ich finde es eben schlecht oder falsch, nicht zu heiraten, wenn man ein Kind bekommt."
Ich: „Das passiert doch dauernd. Oder Eltern lassen sich scheiden. Wir Kinder können nichts dafür. Das Ergebnis ist jedenfalls dasselbe. Weißt du eigentlich, wie viele Kinder es in meiner Klasse gibt, die nur bei ihrer Mutter oder nur bei ihrem Vater leben?"
Horst: „Das gefällt mir aber nicht. Mir muss ja nicht in den Kram passen, was alle machen. Als ich jung war, hat es so was auf alle Fälle nicht gegeben."

Ich: „Als du jung warst, gab es auch keine Computer. Alles ändert sich doch dauernd."

Horst: „Kluges Kind! Du hast ja recht. Aber wie dem auch sei, ich habe jedenfalls bis vor zwei Tagen jahrelang keinen Kontakt mehr mit deiner Mutter gehabt."

Ich: „So lang ich lebe? Zehn Jahre?"

Horst nickte.

Ich: „Aber das kann man doch auch ändern! Meine Mutter ist echt nett!"

Horst sah mich ziemlich merkwürdig an. Dann meinte er: „Alte Leute mögen Veränderungen aber nicht besonders."

Ich: „Aber du hast doch gerade selbst gesagt, dass du gar nicht so schrecklich alt bist. Erst neunundsechzig. Und du hast Hamburger gegessen. Das tun wirklich alte Leute bestimmt nicht."

Horst – nach einer Pause: „Ich werde darüber nachdenken."

Dann habe ich mein Eis aufgegessen und er hat seinen Kaffee ausgetrunken. Das Eis war wirklich klasse! Danach sind wir zurück in seine Wohnung gegangen und er hat in Hannover angerufen. Aber mit Mama sprechen wollte er wieder nicht, hat nur das Telefon an mich weitergegeben, nachdem Mama am Apparat war.

Ich hab' gleich gemerkt, dass es Mama viel besser ging, denn sie hat mich ausgefragt wie ein Kommissar im Krimi: Ob es mir gut geht, ob Horst nett zu mir ist, was ich zu essen bekomme, was ich mache, wie mein Zeugnis eigentlich ausgefallen ist – all das wollte sie ganz genau wissen. Und dann sagte sie: „Ich vermisse dich so! Es ist wirklich langweilig hier ohne dich."

Ich: „Aber Hannover ist so weit weg. Ich weiß nicht, wie ich da hinkommen soll."

Da hat sie nur gesagt: „Ich weiß." Und dann musste sie sich verabschieden, weil ein Arzt kam und etwas mit ihr besprechen wollte.

Horst hatte in der Zwischenzeit ruhig in seinem Lehnstuhl gesessen und in einer Zeitung gelesen. Plötzlich meinte er: „Ich arbeite daran."

Ich: „Woran?"

Horst: „Dass du deine Mutter besuchen kannst. Respekt, du hast noch nicht ein einziges Mal nach ihr gequengelt!"

Da war er schon wieder nett.

[10. Kapitel]

Nachts haben meine Finger vielleicht gebrannt!

Nachdem mein Großonkel gestern so nett war, wollte ich auch freundlich sein und mir mit dem Essen besondere Mühe geben. Bei der Salatsoße ist es dann passiert: Ich hab' mir kräftig in drei Finger geschnitten. Und die Küchenmesser sind bei Horst echt scharf. Bisher hat meine Mutter immer die Zwiebelwürfel gemacht, wenn wir Salatsoße gerührt haben. Ich hab' auch immer gut zugesehen, aber noch nie selbst Zwiebeln gehackt. Ist prompt schiefgegangen, als ich es versucht hab'. Die blöde Zwiebel war sowas von glitschig! Ist einfach weggerutscht und das Messer – Ratsch! – in die Finger. Die haben ziemlich geblutet und der Zwiebelsaft hat höllisch in den Schnitten gebrannt. Ich hab' wohl auch ein ganz, ganz kleines bisschen geschrien, weil das so verteufelt wehgetan hat. Horst kam wie die Feuerwehr in die Küche gerannt. Dann hat er mich verpflastert. Danach hatte ich fünf Pflaster an den Händen. Das war mein persönlicher Rekord!

Horst: „Warum hast du nicht vorher gesagt, dass du keine Zwiebeln hacken kannst? Ich kann das übrigens auch nicht. Die Würfel geraten mir immer zu groß. Und zu große Zwiebelstücke im Salat mag ich nicht."

Dann hat er in einem Schrank herumgewühlt und ein ganz komisches Teil rausgeholt: Es sah aus wie eine Kreuzung aus Dose und Mixer.

Horst: „Ich habe mir vor ein paar Jahren das Ding hier gekauft. Das ist ein Zwiebelhacker. Zwiebel rein, ein paarmal draufdrücken, Zwiebelwürfel raus, abspülen, fertig."

Danach hat Horst weitergekocht – ich konnte ja nicht mehr mit den vielen Pflastern, weil die abgehen, wenn sie feucht werden. Ich musste ihm nur sagen, was er zu tun hatte. Und die Currywurst ist auch lecker geworden. Horst hat gestaunt: „Das war wirklich nicht viel Arbeit und hat gut geschmeckt."

(Gut, dass ich mir in die Finger der linken Hand geschnitten habe – sonst hätte ich gar nichts mehr aufschreiben können.)

Am nächsten Morgen wurde ich wieder früh geweckt. Horst verkündete mir, Freitag sei Wandertag. Mich traf fast der Schlag! Wandern, das ist ja so was von out, finde ich! Das darf niemand erfahren, dass ich mit meinem Großonkel wandern musste.

Auf dem Weg zum Treffpunkt mit Kurt und Hans Günter passierte aber noch etwas sehr Lustiges: Horst und ich kamen in eine Verkehrskontrolle mit unseren Fahrrädern. Wir wurden auf unserem Radweg plötzlich von einem Polizisten angehalten.

Der Polizist: „Guten Morgen, die Herren! Wir überprüfen in unserer Stadt zurzeit Räder auf ihre Verkehrstüchtigkeit, weil so viele mit technischen Mängeln unterwegs sind. Wessen Fahrrad darf ich mir denn zuerst anschauen?"
Horst: „Egal. Nur zu! Da können Sie bei unseren beiden lange nach Mängeln suchen. Die Räder sind erstklassig in Schuss – Bremsen, Licht, Reflektoren. Da ist alles so, wie es sein soll."
Der Polizist: „Umso besser. Dann bin ich ja schnell fertig."

Und dann hat er sich beide Räder wirklich ganz genau angesehen. Als er fertig war, hat er auf beide sogar einen Aufkleber gepappt, wo draufstand, wann sie von der Polizei überprüft wurden und dass die Fahrräder in Ordnung sind.
Der Polizist: „Na, dann noch eine gute Fahrt, die Herren. Übrigens, vorbildlich, die beiden Drahtesel. Das Kinderrad ist ja ein echtes Schätzchen. So eine Qualität gibt es heute gar nicht mehr zu kaufen. Nur eines möchte ich noch anmerken." (Dann hat er auf Großonkel Horst gezeigt.) „Der Junge hat einen Fahrradhelm und der würde Ihnen, mein Herr, auch gut stehen. Sie

wissen sicher, dass es bei den meisten Fahrradunfällen zu schweren Kopfverletzungen kommt. Keinen Helm tragen, ist genauso dumm wie im Auto zu fahren, ohne sich anzuschnallen. Leider gibt es in Deutschland keine Helmpflicht für Radfahrer, aber jemand, der sein Rad so gut in Schuss hält, ist sicher klug genug, dafür zu sorgen, dass seinem Kopf nichts passiert. Und Sie wollen dem Jungen gewiss auch ein gutes Beispiel sein, oder?" Ich konnte einfach nicht anders, ich musste kichern. Und Horst hat mir die Zunge rausgestreckt, als er das gehört hat, aber erst, als wir schon wieder losgefahren waren, damit der Polizist nichts sieht.

Wir haben uns mit Hans Günter und Kurt an einem Waldweg getroffen. Und dann ging es ab in die Wildnis. Die drei hatten vielleicht ein Tempo drauf! Ich hatte zum Glück meine Turnschuhe angezogen, in denen kann ich echt gut laufen. Wir sind um den *Blauen See* gegangen. Hans Günter hatte die Tour ausgearbeitet. Unterwegs gab es eigentlich eine Menge zu sehen, denn Horst hatte ein Fernglas dabei. Zuerst habe ich gedacht, der spinnt, wenn er immer wieder stehenblieb und damit angestrengt in irgendwelche Büsche und Bäume starrte. Aber mein Großonkel hört nur ein leises Piepen oder Zwitschern irgendwo und schon hat er den Vogel entdeckt, von dem es stammt. Ich hab' ihn gefragt, woher er so viele Vögel kennt.
Horst: „Das ist mein Job gewesen."

Ich: „Wieso? Warst du Vogelkundler? Kann man damit Geld verdienen?"

Horst: „Nein, ich war Förster."

Ich: „Ach, deshalb hast du so komische Klamotten an." Da hat mein Großonkel ganz komisch geschnaubt und Hans Günter hat mal wieder gelacht.

Ich hatte das Gefühl, dass wir schon drei Stunden unterwegs waren, da machten wir endlich eine Pause. Jeder der drei Männer hatte einen Rucksack dabei. Wir machten ein richtiges Picknick am Seeufer. Und es war verflixt lecker, was da aus den Rucksäcken geholt wurde! Danach wusste ich, dass die drei genauso gern naschen wie ich. Wirklich, die futterten alles, was mir meine Mutter meistens verbietet – Schokoriegel und Nougathörnchen und so ein Zeug. Nachdem wir alles Mögliche gegessen und getrunken hatten, dachte ich, dass es gleich weitergehen würde.

Aber Kurt sagte gemütlich: „Immer ruhig mit den jungen Pferden. Der Weg ist nochmal so weit. Lange gehen, lange Pausen. So wandern wir. Wenn du ein bisschen hier rumspringen willst, mach das ruhig. Aber wehe, du jammerst hinterher, dass dir die Füße wehtun!"

Und dann bin ich in den See gefallen. Ich weiß selbst nicht so genau, wie das passieren konnte. Nahe bei dem Rastplatz führte ein Steg ein paar Meter weit vom Seeufer aus übers Wasser. Ich wollte nachsehen, ob es da vielleicht auch Fische oder Frösche zu sehen gäbe. Die Wasseroberfläche hat aber so blöd gespiegelt, dass ich überhaupt nichts entdecken konnte. Deshalb wollte ich mich flach auf den Steg legen, um unter den Planken im Schatten besser sehen zu können. Das Holz muss wohl irgendwie glatt gewesen sein – jedenfalls lag ich auf einmal im Wasser. Tief war es nicht. Ich konnte so gerade eben stehen, aber kalt war das! Zuerst hab' ich einen Riesenschrecken bekommen. Dann bin ich sofort ans Ufer gewatet. Weil da Schilf wuchs, haben mich die drei alten Männer zum Glück nicht gesehen und den Platsch hatten die wohl auch nicht gehört.

„Das gibt ein Donnerwetter, wenn die das mitbekommen!", hab' ich mir nur gedacht. Ich war tropfnass und hab' mir erst mal die Algen hinter den Ohren weggepflückt!
Ich hab' hin und her überlegt, wie ich meine Sachen wieder trocken bekomme, aber mir ist nichts Vernünftiges eingefallen. Dann hat Horst auch schon nach mir gerufen. Wie ein begossener Pudel bin ich zu dem Picknickplatz zurückgegangen. Hans Günter hat mal wieder gelacht und Horst hat scheinbar einen echten Schrecken bekommen: „Sag mal Ben, kannst du eigentlich schwimmen? Wenn du jetzt ertrunken wärst! Ich bin wirklich lausig als Aufpasser! Ich habe überhaupt nicht daran gedacht, dass Wasser für Kinder gefährlich sein kann. Wie verantwortungslos von mir!"

Kurt: „Ist ja nichts passiert. Also, was soll's? Im Winter hätten wir jetzt ein Problem, aber heute? Da ist doch so ein Vollbad kein Unglück. Es ist bestimmt siebenundzwanzig, achtundzwanzig Grad warm. Los, Ben. Zieh deine Klamotten aus."

Ich: „Alles?"

Kurt: „Bist du verrückt? Deine Shorts kannst du mal hübsch anlassen. Die trocknen beim Laufen auch am Körper ganz schnell. T-Shirt und Socken hängen wir zum Trocknen über unsere Rucksäcke. Du musst nur aufpassen, dass du dir keine Blasen läufst in den nassen Schuhen. Am besten, wir kleben zur Vorsicht ein paar Pflaster auf die Fersen."

Die haben echt kein Theater gemacht, weil ich vom Steg gefallen war. Bei meiner Mutter hätte das ganz anders geklungen …

Horst stöhnte: „Wenn der Bengel noch mehr Pflaster bekommt, habe ich bald den Kinderschutzbund am Hals."

Hans Günter: „Wieso?"

Ich hab' ihm meine Hände gezeigt und erklärt: „Hab' mich beim Zwiebelschneiden geschnitten und bin beim Fahrradreparieren ein paarmal abgerutscht."

Da hat Kurt sich plötzlich richtig aufgeregt: „Ist doch kein Wunder! Kinder dürfen heute gar nichts mehr! Wetten, Ben hatte noch nie ein scharfes Messer in der Hand? Was sind schon fünf Pflaster für einen richtigen Jungen? Pah! Ich hatte früher manchmal zehn Pflaster auf einmal, wenn überhaupt Pflaster im Haus war."

Horst hat meine Klamotten an seinen Rucksack gehängt. Das sah schon komisch aus, wie Socken und T-Shirt so in der Luft baumelten. Kurt hatte recht: Mir war überhaupt nicht kalt. Und als wir weitergingen, habe ich vorsichtig gefragt. „Wie kommt man denn an zehn Pflaster gleichzeitig?"

Kurt: „Einmal lang mit dem Fahrrad hinschlagen reicht da völlig. Ich hatte nie ein Rad in der richtigen Größe, weil ich alles von meinem älteren Bruder geerbt habe. Meine Fahrräder waren also immer zu groß. Da liegt man schnell mal auf der Nase."

Hans Günter: „Ich hatte mal so viele Löcher im Fell, dass der Arzt gesagt hat, da sollte man erst gar keine Pflaster kleben."

Ich: „Aber woher hattest du denn all die Verletzungen?"

Hans Günter: „Ich bin vom Baum gefallen. Der Baum war richtig hoch, aber ich bin ganz weich gelandet."

Ich: „Wieso?"

Hans Günter: „Weil unter dem Baum ein riesiges Brombeergebüsch wucherte. Da bin ich reingefallen. Ich habe mir zwar nicht die Knochen gebrochen, aber überall Kratzer und Dornen in der Haut gehabt. Die musste ein Arzt mit der Pinzette rausziehen."

Ich: „Und dann?"

Hans Günter: „Wie – und dann? Dann hat der Arzt Jod draufgepinselt. Das brennt wie der Teufel, verhindert aber Entzündungen. Jod färbt ganz stark. Ich sah aus, als hätte mich ein Verrückter tätowiert. Überall hatte ich rote Punkte und Striche."

Dann hab' ich zu meinem Großonkel rübergesehen. Der hat das zwar bemerkt, aber erst mal mit einem Fernglas einen Baum betrachtet, als wäre da auch ein Vogel. Da war aber keiner.

Ich: „Horst! Du bist dran!"

Horst: „Dran mit was?"

Ich: „Du bist dran mit Erzählen, wann du die meisten Pflaster hattest."

Horst – brummelig: „Ich kann mich nicht erinnern."

Kurt: „Mensch Horst, jetzt stell dich nicht dumm! Wenn jemand von uns ein gutes Gedächtnis hat, dann du."

Horst: „Aber Ben hört doch zu!"

Hans Günter: „Für den sollst du es doch erzählen! Wieso zierst du dich denn so komisch?"

Horst: „Wenn ich von all dem Blödsinn erzähle, den ich als Kind gemacht habe, dann nimmt Ben sich das noch als Beispiel. Das sollte er aber besser nicht tun. Die Zeiten haben sich geändert. Was früher als Dummejungenstreich galt, bringt einen heute vor den Jugendrichter."

Ich: „Aber das ist geil, wenn ihr erzählt, was ihr früher so alles gemacht habt. Ihr durftet viel mehr als wir heute! Und ihr habt auch viel mehr gemacht."

Kurt: „Nicht geil. Du findest es vielleicht *interessant.*"

Hans Günter: „Oder *spannend.*"

Horst: „Oder auch *aufschlussreich.*"

Hans Günter: „Los Horst – so eine Pflastergeschichte hast du Kurt und mir zum Beispiel noch nie erzählt. Jetzt bin ich auch neugierig!"

Horst: „Aber ich habe die ganzen Pflaster damals geklebt bekommen, weil ich geklaut hatte!"

Kurt: „Los jetzt! Da werde sogar ich neugierig. Wieso bekommt man nach dem Klauen Pflaster geklebt?"

Horst – widerwillig: „Ich habe Gänseeier geklaut."

Kurt: „Bist du bescheuert?!"

Ich: „Wieso? Ein paar Eier klauen ist doch jetzt nicht so schlimm, oder?"

Horst: „Es war eine Mutprobe."

Ich hab' nix kapiert: „Wieso Mutprobe? So schwer ist ein Gänseei doch gar nicht."

Horst – düster: „Du hast wirklich keine Ahnung! Die Mutprobe bestand darin, auf die Gänsewiese zu gehen und den Gänsen die Eier wegzunehmen. Aber da war ein Ganter, also eine männliche Gans."

Hans Günter lachte sich fast kaputt: „Ein Ganter. Das ist ja toll!"

Ich: „Was ist denn nun wieder an einem Ganter so schlimm?"

Horst: „Der hat mich verdroschen – nach Strich und Faden. Ganter schlagen mit ihren Flügeln wie Boxer. Das tut wirklich weh. Dann hat er mich vor sich hergejagt, kreuz und quer über die Wiese. Und als ich schließlich hingefallen bin, hat er mich gebissen. So ein Gänseschnabel hat innen so etwas wie eine kleine Säge.

Ich sah vielleicht hinterher aus! Konnte von Glück sagen, dass ich lange Lederhosen anhatte, sodass meine Beine nicht so viel abbekommen haben. Ich weiß wirklich nicht mehr, wie viele Pflaster meine Mutter auf die größeren Löcher geklebt hat. Aber ich konnte mich ein paar Tage bei meinen Spielkameraden nicht mehr blicken lassen."

Ich: „Hatten die denn kein Mitleid mit dir, weil du so schwer verletzt warst?"

Horst: „Die haben sich fast totgelacht, dass jemand so blöd war, auf einer Wiese mit Ganter zu versuchen, Gänseeier zu stehlen!"

In Nullkommanichts waren wir mit unserer Wanderung fertig.

Die haben vielleicht Sachen erzählt, die drei alten Männer! Geil, äh, ich meine spannend. Schade, dass ich nicht zusammen mit denen Kind war. Außer bei der Sache mit dem Gänseeierklauen hätte ich bei den meisten anderen Geschichten wirklich gern mitgemacht.

Als wir wieder an dem Parkplatz ankamen, wo unsere Räder standen und Hans Günters Auto, waren meine Klamotten trocken. Ich zog mich also wieder vernünftig an. Und dann passierte noch etwas ganz Tolles: Horst ging mit mir zu dem Andenkenladen am Bootsverleih neben dem Parkplatz. Erst wusste ich gar nicht, was ich da sollte. Er sah sich die Schweizer Messer genau an.

Dann fragte er mich: „Ben, hast du eigentlich ein Taschenmesser?"

Ich hab' den Kopf geschüttelt.

Horst: „Ich kaufe dir eins, wenn du mir versprichst, damit vorsichtig umzugehen und nie jemanden damit zu bedrohen."

Ich dachte, ich hätte mich verhört: ein Taschenmesser! Das hatte ich mir zwar noch nie gewünscht, aber ich wollte sofort eins haben.

Horst: „Na?

Ich: „Was, na?"

Horst: „Versprichst du es?"

Ich hab' genickt. Und dann hat Horst mir ein Schweizer Messer ausgesucht, mit zwei Klingen und Flaschenöffner und Schraubendreher und Säge und Pinzette. Eine Kette, um es an der Hose festzumachen, war auch dabei! Horst: „Damit du damit umgehen lernst und dich nicht mehr schneidest!"

Ich hab' mich ganz oft bedankt.

Und als wir wieder losgeradelt sind, hab' ich mir gedacht: „Meine Mutter hätte darauf geachtet, dass ich nie wieder ein scharfes Messer in die Finger kriege, wenn ich mich bei ihr so doll geschnitten hätte. Sind Männer anders? Oder alte Leute? Oder ist nur Horst anders als meine Mutter?"

[11. Kapitel]

Wir sind gar nicht wieder direkt zurück in die Pappelallee gefahren. Hans Günter hatte uns zu sich nach Hause eingeladen. Der wohnte am Stadtrand in einem Reihenhäuschen. Horst erklärte mir: „Nach jeder Wanderung muss einer von uns die anderen zum Essen einladen. Heute ist eben Hans Günter dran. Bin gespannt, was der sich ausgedacht hat!"

Hans Günter hatte was zum Grillen vorbereitet.
„Oh, geil: Grillwürstchen!", hab' ich gesagt.
Horst: „Nicht geil. Eher *köstlich.*"
Kurt: „Nein besser *delikat!*"
Hans Günter: „Ich würde mal in aller Bescheidenheit sagen: *ganz große Kochkunst!*"
Verflixt, dieses unbeliebte Wort rutschte mir immer wieder heraus!
Hans Günter feuerte den Grill an, Kurt fächelte Luft, damit die Kohle schneller heiß wurde, ich sollte den Tisch decken. Da verkündete Horst plötzlich: „Bin gleich wieder da. Ich habe in der Nachbarschaft noch etwas zu erledigen."

Und weg war er. Ein bisschen komisch hab' ich mich schon gefühlt, als ich auf einmal mit Kurt und Hans Günter allein war. Wieso musste Horst bloß so plötzlich verschwinden? Die anderen haben sich auch gewundert. Ich hab' weiter den Tisch gedeckt, als wär nichts.

Hans Günter hatte gerade die ersten Grillwürste und Steaks auf den Rost gepackt, da kam Horst wieder. Mich traf fast der Schlag, als er sein Rad hinten an der Gartenpforte abstellte, denn nach dem Absteigen zog er einen feuerroten Fahrradhelm vom Kopf und hängte ihn so unauffällig wie möglich an den Lenker. Den musste er sich gerade irgendwo in der Nähe gekauft haben.
Es war aber nicht unauffällig genug. Hans Günter rief vom Grill zu Horst rüber: „Ich fass' es nicht! Trägst du jetzt auch so ein albernes Ding?"
Da wurde Horst richtig giftig: „Der Helm ist nicht albern. Den hat mir heute Morgen ein Polizist bei einer Verkehrskontrolle unserer Fahrräder verordnet. Und er hatte recht! Du schnallst dich ja auch im Auto an, oder? Also lass deine dummen Sprüche! Wenn Ben einen Helm tragen soll, dann muss ich das wohl auch tun."
Kurt kam gerade mit Salat aus der Küche und meinte nur: „Ben, du veränderst deinen Großonkel. Hast du das eigentlich schon gemerkt?"

Ich hab' mich verdrückt und das Brot aus der Küche geholt, damit ich bloß nix Falsches sage.

Das Essen war klasse! Ich hab' mindestens zwei Kilo Fleisch verputzt.

Irgendwann hat Kurt dann gefragt: „Wo liegt denn nun Bens Mutter im Krankenhaus?"

Horst: „Im Vinzenzhospital in Hannover."

Hans Günter: „Und ich soll euch morgen mit meiner alten Karre dahin kutschieren?"

Mir wurde ganz heiß. Horst hatte also wirklich daran gearbeitet, dass ich meine Mutter besuchen konnte.

Hans Günter: „Weißt du denn, wo wir genau hinmüssen?"

Horst: „Woher denn? In Hannover war ich zuletzt vor etwa dreißig Jahren. Es ist zwar blöd, so viel Geld wegen einer einzigen Fahrt auszugeben, aber ich werde wohl noch einen Stadtplan kaufen müssen."

Ich: „Wenn wenigstens einer von euch einen Computer hätte, dann müssten wir keinen Stadtplan kaufen."

Hans Günter: „Wer sagt denn, dass keiner von uns einen hat? Ich habe einen alten PC von meinen Enkeln bekommen. Kannst du denn damit umgehen, Ben?"

„Klar!", hab' ich gelacht. „Ich hab' zwar keine Ahnung davon, was beim Gänseeierklauen so gefährlich ist, aber wenn ein Internetanschluss da ist und ein Drucker, kann ich euch einen Stadtplan und eine Wegbeschreibung machen. Das hat mir meine Mutter gezeigt. Die hat kein Navigationssystem und deshalb muss ich ihr immer den Routenplaner vorlesen, wenn wir irgendwohin fahren, wo sie noch nie war. Als wir ganz neu hier in der Stadt waren, haben wir das dauernd so gemacht."

Eine halbe Stunde später, als wir mit dem Essen fertig waren, hat Hans Günter seinen PC angeworfen. Und dann hab' ich den drei Männern mal gezeigt, wo es langgeht! Die hatten keine Ahnung, wie man eine Adresse googelt oder einen Routenplaner die Strecke suchen lässt. Und Horst blieb fast die Spucke weg, als ich noch eine hübsche Straßenkarte von der Umgebung des Krankenhauses mit allen Parkplätzen ausgedruckt hab'. Horst: „Sagenhaft! Ich glaube aber trotzdem, dass Kinder, die Eier klauen, es besser haben, als die, die nur vor einem Bildschirm sitzen."
Ich: „Ja sicher. Früher war alles besser! Kann man denn nicht beides machen – mit einem Computer arbeiten und Gänseeier klauen?"
Da hat Kurt mich ein bisschen an den Haaren gezogen und gesagt: „Ben, du wirst frech. Man merkt, dass du mittlerweile dazugehörst. Aber wahrscheinlich hast du sogar recht."

Die drei Männer haben mich am PC eine Weile spielen lassen, während sie auf der Terrasse noch den halben Abend gequatscht haben. Ich war hundemüde, als wir endlich wieder in Horsts Wohnung ankamen. Das war sicher auch besser so, denn sonst hätte ich vor Aufregung bestimmt nicht schlafen können.

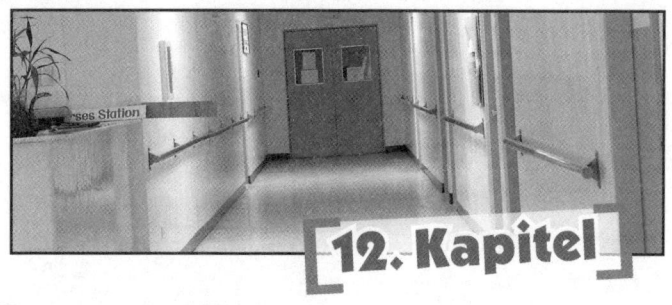

12. Kapitel

[*Samstag, 17. Juli*]

Am nächsten Morgen bin ich ganz früh aufgestanden und ins Bad gegangen – ich wollte doch vernünftig aussehen, wenn meine Mutter mich sieht. Als mein Großonkel ziemlich verstrubbelt auch dort auftauchte, hatte ich schon voll die Krise! Wie soll man sich ohne Haargel die Haare gelen? Und das Gel hatte ich vergessen, in meinen Rucksack zu packen. Mist!

Horst: „Morgen, Ben. Was machst du denn für ein Gesicht? Freust du dich etwa nicht, dass du heute deine Mutter besuchen kannst?"

Ich: „Doch. Aber mit den Haaren kann ich doch nicht bei ihr auftauchen … Ich will wenigstens eine geile Frisur haben, wenn meine Mutter mich sieht. Aber ich seh' aus wie ein Handfeger. Total ätzend! Oder hast du etwa Haargel?"

Horst: „Nicht geil – eher *gutaussehend* oder *attraktiv* oder schlimmstenfalls *rattenscharf,* aber nicht geil. Ob ich Haargel habe? Für meine paar Haare? Nein. Aber du kannst ja Zuckerwasser nehmen. Haben wir früher auch immer getan."

Ich: „Ehrlich? Zuckerwasser? Das geht wirklich?"

Horst: „Klar. Soll doch kleben, oder? Ich helfe dir gleich damit in der Küche. Und jetzt raus hier – ich will duschen!"

Mein Großonkel hat mir wirklich Zuckerwasser angerührt. Das klebt tatsächlich wie der Teufel, eigentlich viel besser als Haargel.

Um zehn Uhr stand dann Hans Günter mit seinem alten Auto vor der Tür. Kurt saß schon drin. Scheinbar unternehmen die drei wirklich fast alles zusammen. Da musste Horst wohl oder übel zu mir auf den Rücksitz klettern. Und dann ging es los. Kurt las Hans Günter haargenau die Anweisungen vom Routenplaner vor.

Hans Günter hat sich irgendwann aufgeregt: „Jetzt halt endlich den Mund! Ich bin doch nicht verblödet. Hier kenne ich mich noch aus. Ich wohne schließlich seit vielen Jahren in dieser Stadt. Wenn wir in Hannover von der Autobahn abfahren, kannst du wieder anfangen, mir zu sagen, wo es langgeht."

Kurt war beleidigt: „Ich wollte doch nur überprüfen, ob der Plan etwas taugt. Wenn wir erst in Hannover merken, dass der nicht stimmt, haben wir ein Problem."

Oje. Ich hatte noch nie einen Streit bei den drei alten Männern miterlebt. Deshalb hab' ich ganz scharf nachgedacht, was ich sagen könnte, um die Stimmung aufzuheitern. Mir ist sogar etwas eingefallen: „Ich finde es wirklich toll, dass ihr mir helft, meine Mutter zu besuchen. Sie freut sich bestimmt riesig. Und ich freue mich auch!"

Kurt: „Na ja, so haben wir wenigstens mal einen Grund, über die Stadtgrenzen hinauszukommen. Sonst sind wir ja immer hier in der näheren Umgebung unterwegs."

Hans Günter war immer noch sauer: „Reicht unser Programm dir etwa plötzlich nicht mehr?"

Kurt: „Doch, doch. Aber früher waren meine Sommer doch irgendwie noch lustiger."

Ich: „Wie lustiger? Was hast du denn früher gemacht?"

Kurt: „Als Kind? Im Sommer? Unfug!"

Ich – sehr neugierig: „Was für Unfug?"

Kurt überlegt: „Richtig klasse war die Geschichte mit der Katze."

Ich: „Jetzt erzähl schon. Los!"

Kurt: „Naja. Wir haben mal eine Katze gefunden, die lag tot im Straßengraben. Sie war wohl überfahren worden. Aber die sah noch prima aus. Da haben wir sie wieder zurechtgebogen und mitten auf die Straße gestellt. Dann haben wir uns in die Büsche gelegt und abgewartet, was passieren würde."

Hans Günter: „Na und?"

Kurt: „Damals fuhren ja viel weniger Autos herum als heute. Es hat immer eine Weile gedauert, bis jemand kam. Aber dann gab es angesichts der Katze, die stocksteif mitten auf der Straße stand, immer ein wildes

Bremsen, Hupen, Aussteigen und Sich-Wundern. Wir haben uns gekringelt vor Lachen!"

Ich: „Nicht schlecht."

Horst: „Kinderkram."

Ich: „Was hast du denn als Kind so veranstaltet, wenn du keine Gänseeier geklaut hast?"

Horst grinste. Ich hab' ihn mit dem Finger in den Bauch gepiekt und gesagt: „Jetzt erzähl schon!"

Horst: „Ich habe mit meinen Freunden jeden Sommer Krieg gegen Herrn Klein geführt. Der wohnte in unserer Straße und hat Kinder gehasst. Wenn ein Ball in seinen Garten flog, bekam man den nie wieder. Und wenn wir auf der Straße Fußball gespielt haben, dann konnte es sein, dass Herr Klein aus dem Haus geschossen kam und uns einfach den Ball wegnahm."

Ich: „Aber das ist doch verboten!"

Horst: „Früher war nicht alles besser. Da haben Erwachsene Kinder manchmal ganz schön fies behandelt. Jedenfalls hatte der Klein uns eines Tages einen richtig tollen Lederball weggenommen. Und wir wollten uns natürlich rächen. Da haben wir einen Hundehaufen, so einen richtig schön stinkig großen gesucht, in Zeitungspapier eingewickelt, dem Klein vor die Haustür gelegt und das Papier angezündet. Dann haben wir geklingelt."

Hans Günter lachte mal wieder aus vollem Hals.

Ich: „Was soll denn daran komisch sein?"

Kurt: „Mensch, Ben! Verstehst du nicht? Der Klein ist rausgekommen und hat natürlich das Feuer sofort ausgetreten!"

Da musste ich auch lachen, bis ich keine Luft mehr bekam.

Mittlerweile fuhr Hans Günter über die Autobahn – das heißt er fuhr nicht, er kroch über die Autobahn. Aber mir war es egal, solange die Richtung stimmte.

Ich: „Los, Hans Günter. Jetzt bist du dran. Was hast du früher im Sommer gemacht?"

Hans Günter überlegte: „Ich war brav."

Horst: „Und du bist ein Lügner. Bestimmt hast du auch mal was angestellt!"

Hans Günter: „Ich war brav, nachdem ich bei Bauer Lemke das Heu angezündet hatte."

Ich: „Du hast was?"

Hans Günter: „Ich war ein Opfer der Umstände! Früher gab es so komische Gestelle, da wurde von den Bauern das frisch gemähte Gras draufgeworfen, um es zu trocknen. Die Gestelle waren aus Holzlatten und sahen ein bisschen aus wie drei große Zeltstangen, die oben wie bei einem Indianertipi zusammenstoßen. Und unten waren Querhölzer. Wenn man in das Gras, das darauf lag, ein Loch buddelte, konnte man sozusagen in den Heuhaufen klettern. Dann hatte man im Inneren der Holzgestelle ein richtig schönes Zelt mit duftenden Graswänden. Dumm war nur, dass es drinnen immer so dunkel war …"

Kurt: „Soso, dunkel. Jetzt sag nicht, du hast eine Kerze da drinnen angezündet!"

Hans Günter: „Leider doch! Wir hatten wirklich Glück, dass das Heu noch nicht ganz trocken war. Es hat nicht sofort lichterloh gebrannt, aber furchtbar gequalmt. Im Handumdrehen waren der Bauer und die Feuerwehr samt Löschwagen da."

Und dann haben sie alle drei durcheinandergeredet: „Ben, du weißt natürlich, dass man so etwas nie machen darf. Das ist verboten und gefährlich. Wenn wir dich je beim Feuermachen erwischen, setzt es was!"

„Am besten, du vergisst sofort wieder, was wir erzählt haben. Das waren ja ganz andere Zeiten! Kein Hundekot vor anderer Leute Haustür, sonst nehmen wir dich nie mehr zum Angeln mit."

„Heute kommst du für das, was früher Unfug war, sofort in den Jugendknast."

Weitererzählt haben sie trotzdem. Die Zeit, bis wir in Hannover die Autobahn verließen, war ganz schnell rum. Ich hab' ein paarmal furchtbar gelacht, besonders bei der Geschichte von Horst, der nachts in Nachbars Garten Erdbeeren pflücken wollte und im Dunklen dabei in ein Planschbecken gefallen ist.

Dann war ich eigentlich doch eine kurze Zeit lang ziemlich nervös, ob der Routenplaner und die Karte, die ich am PC rausgesucht hatte, uns wirklich zum Ziel bringen würden. Aber das hat klasse funktioniert!

Direkt am Vinzenzhospital hat Hans Günter sein Auto abgestellt. Er und Kurt haben sich verschwörerisch angesehen und verkündet: „Es ist jetzt ein Uhr. Sagen wir, wir treffen uns um drei Uhr wieder hier auf dem Parkplatz. Wir beide gehen in der Zwischenzeit etwas essen und ein bisschen bummeln."

Horst: „Ihr wartet gefälligst auf mich! Ich komme mit euch. Ich bringe nur Ben auf die richtige Station. Das Zimmer 357 wird er schon finden. Ich kehre dann sofort hierher zurück."

Hans Günter: „Irrtum. Kurt und ich finden, es ist Zeit, dass du endlich mal wieder mit deiner Nichte sprichst. Schließlich habt ihr beide keine anderen Verwandten."

Und dann haben sich die beiden einfach umgedreht und sind weggegangen.

Horst hat stinksauer aus der Wäsche geguckt. Ich wäre am liebsten im Boden versunken. Das lief überhaupt nicht so, wie ich mir das vorgestellt hatte! Ich wollte meine Mutter endlich sehen und nicht irgendwelchen alten Familienkrach aufarbeiten.

Horst: „Na gut. Aber zwingen lasse ich mich zu gar nichts! Ich bringe dich bis vor das Zimmer deiner Mutter, dann verschwinde ich eben auf eigene Faust, wenn mich die beiden alten Knacker nicht dabeihaben wollen. Du willst bestimmt auch mit deiner Mutter allein sein, Ben."

Auf dem Weg zum Krankenhaus hatte ich Gelegenheit darüber nachzudenken, ob ich wirklich mit meiner Mutter unbedingt allein sein wollte. Wollte ich aber gar nicht. Ich hätte ihr viel lieber meinen neuen Freund vorgestellt. Und gemeinsam hätten wir erzählen können, was wir in den letzten paar Tagen Geiles, ich meine Interessantes, Spannendes und Aufregendes erlebt hatten. Aber ein Blick in Horsts Gesicht sagte mir, dass ich das besser nicht laut sagen sollte.

Das Krankenhaus war ziemlich groß. Vor den Aufzügen im Eingangsbereich standen eine Menge Menschen. Da hat Horst beschlossen: „Wir nehmen die Treppe. Das sind ja nur drei Stockwerke und wir sind nicht gehbehindert."

Was für ein Glück, dass wir die Treppe genommen haben! Kurz bevor wir den dritten Stock erreichten, kam uns nämlich eine Krankenschwester entgegen. Die ging rückwärts abwärts, um einer Patientin zu zeigen, wie man auf Krücken ganz sicher Treppen steigen kann.
Horst war mit seinen langen Beinen ein paar Stufen vor mir und wollte gerade an der Frau mit den Krücken vorbeigehen. Ich hab' in dieser Frau meine Mutter erst erkannt, als sie ganz freudig gerufen hat: „Onkel Horst!" Dabei hat sie die Krücken einfach weggeschmissen oder fallengelassen. So genau hab' ich das gar nicht gesehen. Und sie hat meinen Großonkel kurzerhand umarmt.

Der konnte überhaupt nicht abhauen. Keine Chance! Mama hing an seinem Hals und weil sie ein gebrochenes Bein hatte und die Krücken gerade die Treppe hinabfielen, musste er meine Mutter einfach festhalten. Schließlich schmeißt man keine Frau die Treppe runter.

Ich hab' wirklich versucht, nicht zu grinsen, als meine Mama Horst ein paarmal richtig fest geküsst hat. Und sie hat sich bedankt: „Onkel Horst, ich kann dir gar nicht sagen, was es mir bedeutet, dass du dich um Ben kümmerst. Und dass du hier bist, dass wir uns endlich wiedersehen, das ist so wunderschön! Du bist mir nicht mehr böse? Die Familie ist doch so wichtig. Stell dir vor, ich wäre bei dem Unfall gestorben. Dann hätte Ben jetzt nur noch dich. Ach, ich freu' mich so, dich endlich wiederzusehen! Es ist so lieb, dass du dich um alles kümmerst!"

Ich hab' erstmal in aller Ruhe die Krücken wieder eingesammelt. Als ich das mit meinem Grinsen einigermaßen im Griff hatte, sah ich aus den Augenwinkeln, dass Horst sich mit einem Taschentuch die Augen wischen musste, so gerührt war er.

Die Krankenschwester meinte nur: „Tja, Frau Kammer, dann begleite ich Sie am besten in Ihr Zimmer, wenn Sie jetzt Besuch haben."

„Guck mal, Ben, was ich schon kann!", hat meine Mutter angegeben, nachdem sie mich mindestens auch sechs Mal geküsst hatte, und mir gezeigt, wie sie mit den Krücken die Treppe raufgehen kann. Sie war ziemlich blass und ein bisschen dünner als vorher, aber sonst ganz meine Mama. Ich war unheimlich froh darüber!

Als sie endlich wieder in ihrem Bett lag, hat man aber schon gemerkt, dass sie einen ziemlich schweren Unfall hatte. Nach den paar Schritten hat sie geschnauft wie nach einem Dauerlauf.

Auch da hat sie Horst keine Chance gelassen, sich zu verdrücken, denn sie hat uns rechts und links an ihr Bett treten lassen und meinen Großonkel und mich an der Hand genommen.

„Meine beiden Männer", hat sie nur gesagt und von einem zum anderen geschaut. „Wie läuft es denn in eurer Männerwirtschaft so?"

Da haben wir erzählt. Vom Boule, von meinem neuen alten Rad, vom Angeln, vom Grillen, vom Wandern. Nur, dass ich ins Wasser gefallen bin, haben wir beide verschwiegen, ohne dass wir das vorher verabreden mussten. Ich hab' meiner Mutter auch das neue Schweizer Messer gezeigt. Aber das fand sie nicht so gut.

„Onkel Horst! Ist so ein scharfes Messer nicht viel zu gefährlich für Ben?"

Horst: „Aber Maren, jeder Junge braucht ein Taschenmesser. Wie soll denn jemand lernen, mit scharfen Messern umzugehen, wenn er nie welche in die Finger bekommt? Willst du Ben erst eins kaufen, wenn er volljährig ist? Wenn er mit dem Taschenmesser übt, dann wird er sich bestimmt bald beim Zwiebelhacken nicht mehr schneiden."

Mama: „Ihr hackt Zwiebeln?"

Ich: „Ja. Stell dir vor, Horst kocht normalerweise nicht selbst. Da hab' ich ihm gezeigt, wie man Hamburger macht und Currywurst."

Horst: „Dein Sohn kann gut kochen, Maren. Hamburger wird es demnächst bei mir öfter geben."

Ich: „Du solltest auch mal zu uns zum Essen kommen. Mama kocht noch viel besser als ich."

Da hat meine Mutter meinen Großonkel mit so einem typischen Erwachsenenblick angesehen. Mit so einem, der sagt: Lass uns später ausführlich darüber reden, wenn keine Kinder mehr zuhören. Und laut hat sie gesagt: „Ja, Onkel Horst, es wäre wirklich schön, wenn du uns demnächst recht oft besuchen kommst."

Ich bin ja nicht blöd. Ich hab' genau gemerkt, dass sie damit meinte: Es wäre schön, wenn wir wieder Kontakt miteinander haben, egal, was uns vorher voneinander getrennt hat.

Gespannt habe ich Horst angesehen. Wenn der nun immer noch sauer war?

War er aber nicht. Er war sogar so gerührt, dass er erst mal wieder sein Taschentuch rausgezogen und sich die Nase sehr lange und sehr gründlich geputzt hat. Dann hat er gemeint: „Danke für die Einladung. Ja, ich denke, es ist an der Zeit …"

Da hab' ich ihn zum ersten Mal umarmt, denn ich hab' mich unheimlich gefreut. Mama hat mich angelächelt. Und mein Großonkel hat ganz stillgehalten.

Und dann hab' ich endlich fragen dürfen, was ich schon die ganze Zeit wissen wollte: „Mama, wann kommst du denn hier raus?"

Mama: „Nächste Woche wahrscheinlich. Es dauert noch ein paar Tage, bis mein Bein so verpackt werden kann, dass ich damit zu Hause zurechtkomme. Schließlich ist da eine hübsche lange Naht von der Operation. Die muss erst noch ein bisschen heilen. Aber ihr habt ja auf der Treppe gesehen, dass ich schon an meiner Selbstständigkeit arbeite."

Über eine Stunde haben wir gemeinsam bei Mama gesessen und erzählt. Dann hat Horst gesagt: „Ich lasse euch beide jetzt noch ein ganz klein bisschen allein. Ich komme Ben wieder abholen, wenn Kurt und Hans Günter so weit sind, dass wir zurückfahren können."

Mama hat ihm zum Abschied ganz fest die Hand gedrückt und etwas ängstlich gesagt: „Auf bald?"

Und Horst hat in bestimmtem Ton geantwortet: „Auf bald!"

Kaum war er weg, da wollte meine Mutter wissen: „Und? Wie findest du deinen Großonkel?"

Ich: „Am Anfang hab' ich gedacht, er will mich verhungern oder mich Zwangsarbeit machen lassen. Aber jetzt? Jetzt find' ich ihn ganz toll! Warum habt ihr bloß so lange Streit gehabt?"

Mama: „Ach, Ben! Das war nicht einmal ein Streit, der uns auseinandergebracht hat. Er wollte einfach nicht akzeptieren, dass ich eine unverheiratete Mutter bin. Deshalb hat er den Kontakt zu mir abgebrochen, als du geboren wurdest."

Ich: „Aber jetzt sorgen wir dafür, dass er das nicht wieder tut, oder? Ich will nämlich unbedingt noch einen Fisch mit ihm fangen. Und ich will Skat spielen lernen und die ganzen Vogelnamen kennen und Frösche fangen und noch viel mehr."

13. Kapitel

Meine Sommerferien sind zu Ende. Als ich angefangen habe zu schreiben, war ich ganz sicher, dass mein Bericht nur eine Reihe von Beweisen enthalten würde, um meinen Großonkel hinter Gitter zu bringen. Aber jetzt ist es ein Bericht geworden über den geilsten Sommer, den ich bisher erlebt habe. Ich meine natürlich den abenteuerlichsten, besten, schönsten, aufregendsten und wichtigsten Sommer meines Lebens, denn schließlich habe ich in diesem Sommer meinen Großonkel gefunden.

Nach dem Besuch in Hannover habe ich noch zehn Tage bei ihm gewohnt. Dann kam meine Mutter wieder heim.

Und ich habe wirklich meinen zweiten Fisch gefangen! Horst und ich haben Kurt und Hans Günter nach der nächsten Wandertour mit selbstgemachten Hamburgern bewirtet und sie waren begeistert.

Hans Günter habe ich ein bisschen geholfen, mit seinem Computer besser umzugehen.

In den zehn Tagen war in der Pappelallee nicht mal mehr die Mittagsruhe langweilig. Horst hat nämlich seine Regale durchstöbert und mir ein Buch herausgesucht, von dem er meinte: „Das könnte dir gefallen." Dann habe ich mittags immer „Der Schimmelreiter" gelesen. Aber Horst war unheimlich genervt, als ich ihn beim Lesen alle fünf Minuten gestört habe, weil in dem Buch so viele altertümliche Wörter vorkamen, die ich nicht kannte. Da hat er vorgeschlagen, wir sollten das Buch zusammen lesen: einen Satz er, einen Satz ich. Und schwierige Wörter hat er sofort erklärt. Ich hätte nie gedacht, dass es solchen Spaß macht, gemeinsam zu lesen! War ein bisschen wie im Theater: Ich konnte mir beim Lesen richtige Bilder vorstellen.

Nachdem meine Mutter wieder zu Hause war, hat mein Großonkel ihr anfangs richtig viel geholfen. Sie ist ja noch ein paar Wochen mit Krücken gelaufen. Hans Günter hat sie außerdem ein paarmal zum Arzt gefahren!

Horst ist mittlerweile ziemlich oft zum Essen bei uns. Aber manchmal besuchen wir ihn auch. Meine Mutter hat sogar die ganze Bande mit Kurt und Hans Günter schon zu uns eingeladen.

In den Schulferien muss ich jetzt nicht mehr in diesen blöden Ferienclub der Stadt, wie in meinen ersten Osterferien nach dem Umzug hierher. Ich geh' wandern oder angeln oder Boule spielen. Nur beim Skat lassen

sie mich nicht mitspielen, aber ich darf die Punkte aus-
rechnen.

Leider bin ich inzwischen schon fast zu groß für mein
neues altes Rad, weil ich gewachsen bin wie Unkraut.
Zumindest hat Mama das so ausgedrückt. Aber Horst
hat gesagt, wir könnten das nächste Rad ja auf dem
Trödelmarkt kaufen und dann zusammen wieder flott-
machen. Er fährt übrigens nur noch mit Helm Fahrrad.
Und es tut mir echt leid, dass ich am Anfang gedacht
habe, er wäre ein echter Vollhorst!

Schimpfwörter-Lexikon für Fortgeschrittene:

[geistiger Schrebergärtner]

Daniel Gottlob Moritz Schreber hat zwar nicht den Schrebergarten erfunden, aber die kleinen Gärten sind trotzdem nach ihm benannt. Schreber war ein Schulmeister, der u. a. auch einen Schulverein gründete, den damaligen „Schreberverein". Nach seinem Tod wurde 1865 in Leipzig eine Grünanlage nach ihm benannt. Als später ein anderer Lehrer innerhalb dieser Grünanlage Beete und Gärten anlegte (für den Unterricht und zur Beschäftigung seiner Schulkinder), nannte man diese Gartenanlage „Schrebergarten". Viele Schrebergärten dienten früher der Selbstversorgung ihrer Besitzer mit Obst und Gemüse.

Heute ist der „Schrebergarten" ein Begriff für Kleingartenanlagen aller Art, auch wenn nicht mehr die Selbstversorgung im Mittelpunkt steht, sondern eher Hobby und Naturverbundenheit.

In den meisten Schrebergartenanlagen legt man allergrößten Wert auf Sauberkeit und ein gepflegtes Aussehen. Außerdem gibt es in diesen Gartenanlagen oft ziemlich viele Gartenzwerge. So kommt es, dass man viele *Schrebergärtner* für ziemliche Spießer hält, was natürlich ein Vorurteil ist.

Ein *geistiger Schrebergärtner* ist jemand, dessen Ansichten so kleinkariert und engstirnig sind wie ein Schrebergarten voller Gartenzwerge.

[Sprachanarchist]

Das Wort Anarchie leitet sich von dem griechischen Begriff für „Herrschaftslosigkeit" ab. Ein Anarchist ist also jemand, der keinen Herrscher beziehungsweise keine Rangordnung anerkennt. Der will um jeden Preis ganz frei sein, koste es, was es wolle. Mit Anarchie ist immer eine Menge Unordnung verbunden, oft auch Gewalt. Ein *Sprachanarchist* macht mit Worten und der Sprache, was er will, und erkennt keine Sprachregeln an.

[Kultivierte Menschen]

Kultur bezeichnet alles, was der Mensch selbst gestaltet und hervorbringt. (Kultur ist damit der Gegensatz zur Natur.) *Kultivierte Menschen* pflegen gute Umgangsformen, eine korrekte Sprache, sind sauber usw.

[Klimaschänder]

Ein *Klimaschänder* schadet dem Klima, indem er z. B. Energie verschwendet oder Urwälder gefährdet, weil er Fenster aus Tropenholz einbauen lässt.

[Bonzenkinder]

Auf Japanisch nannte man früher buddhistische Mönche oder Priester *Bonzen*.
Heute bezeichnet man Personen in der Wirtschaft oder

Politik oft als Bonzen, wenn man findet, dass sie zu viel Einfluss haben.

Bonzenkinder sind Kinder, die sich selbst für sehr wichtig halten oder von ihrer Umgebung für zu wichtig genommen werden.

[*Gesellschaftliches Aus*]

Wenn man etwas in der Öffentlichkeit veranstaltet, das absolut unmöglich ist, dann will niemand mehr mit einem zu tun haben – genau das ist das *gesellschaftliche Aus*.

[*Bildschirmjunkies*]

Junkies nennt man auf Englisch zusammenfassend alle Menschen, die von Drogen abhängig sind, also Personen, die ohne Alkohol, Tabletten oder zum Beispiel Heroin nicht leben können.

Ein *Bildschirmjunkie* ist der Überzeugung, er könne nicht ohne einen Bildschirm (PC oder Fernseher) leben.

[*Blindgänger*]

Wenn Patronen oder Raketen gar nicht oder nicht vollständig explodiert sind, nachdem man sie gezündet hat, nennt man sie *Blindgänger*. Im übertragenen Sinn bezeichnet man Leute, die nicht allzu helle im Kopf sind, auch als *Blindgänger*.

Hyperaktiv sein bedeutet, zu aktiv oder eben sehr hektisch zu sein.

Ein Neurotiker hat kranke Nerven und verhält sich dementsprechend nicht wie ein normaler beziehungsweise gesunder Mensch.

Ein *hyperaktiver Großstadtneurotiker* ist also ein Mensch, der in der Stadt wohnt und völlig hektisch und ruhelos ständig viel aktiver ist, als für ihn gut sein kann.

Rezepte für Bens und Horsts Lieblingsessen
Wenn jemand Hamburger oder Currywurst und Salat
so wie Ben und Horst zubereiten will, dann sind hier
die Rezepte:

[Hamburger]

Zutaten
- tiefgefrorene Hamburger
- je Hamburger 2 Scheiben Vollkorntoastbrot
  oder 1 Vollkorntoastbrötchen
- Ketchup
- Senf
- wenn man einen Cheeseburger möchte:
  Käsescheiben
- Kopfsalat oder Salatgurke
- Öl

Zubereitung

- Man braucht eine Pfanne und einen Toaster.
- Hände waschen vor dem Kochen!
- Gurke bzw. Salat waschen, gut mit sauberem Handtuch abtrocknen.
- Toastscheiben oder Toastbrötchen toasten.
- Etwas Öl in die Pfanne geben und erhitzen. Hamburger auf beiden Seiten anbraten.
- In einer Tasse für jeden Hamburger 1 Teelöffel Senf und 1 Teelöffel Ketchup mischen, gut verrühren und dünn auf die Toastbrote streichen, während das Fleisch brät.
- Wenn die Hamburger ganz gar sind (Da darf innen kein rosa Fleisch mehr zu sehen sein, wenn man sie zum Testen anschneidet!), auf die Toastbrote mit der Hamburgersoße legen.
- Salat oder Gurke draufpacken.
- Wenn man möchte, 1 – 2 Käsescheiben drauflegen.

Fertig: **Guten Appetit!**
Küche putzen nicht vergessen!

Zutaten
- Rostbratwürste
- Backofen-Pommes frites
- Backpapier
- Ketchup
- Currypulver
- Öl

[Currywurst mit Pommes]

Zubereitung
- Man braucht eine Pfanne und einen Backofen.
- Hände waschen vor dem Kochen!
- Backofen auf Umluft 200 °C anstellen. Pommes auf ein mit Backpapier bedecktes Backblech legen und 15 – 20 Minuten goldbraun backen lassen.
- Etwas Öl in die Pfanne geben und erhitzen. Während das Öl heiß wird, Würste in fingerdicke Scheiben schneiden und dann in die Pfanne geben.
- Unter Rühren braun braten.
- Reichlich Ketchup über die Würste verteilen und mit Currypulver bestreuen – Vorsicht: Curry ist scharf!
- Pommes in Schüssel geben und mit Salz bestreuen. (Manche mögen auch ein wenig Paprika Edelsüß an ihren Pommes – dann schmecken die ein bisschen wie Chips.)

Fertig: **Guten Appetit!**
Küche putzen nicht vergessen!

Zutaten [Salat]

- Salatgurke oder Blattsalat,
  je nachdem, was du findest
- 1 kleine Zwiebel
- Öl
- Essig
- Salz
- Pfeffer

Zubereitung

- Man braucht eine Gurkenreibe für Schlangengurken und für Blattsalat ein Salatsieb.
- Während Hamburger bzw. Pommes und Würste garen, Zwiebel schälen und in feine Würfel hacken. Sich helfen lassen oder um Zwiebelhacker bitten, bevor man sich schneidet!
- Zwiebelwürfel in Salatschüssel geben, mit Öl bedecken. 1 Esslöffel Essig dazu, etwas Pfeffer und Salz, (1 Prise Zucker schmeckt auch dazu!), verrühren.
- Salatgurke waschen, abtrocknen und auf Reibe in dünne Scheiben schneiden. Gut durchmischen mit der Salatsoße!
- Oder, wenn man einen Blattsalat hat: äußere Blätter abschneiden, restliche, saubere Salatblätter in mundgerechte Stücke zupfen und im Sieb waschen; gründlich abtropfen, in Salatschüssel geben und gut mit Salatsoße durchmischen!

[Zur Autorin]

Barbara Rath – geboren 1962, verheiratet, zwei Kinder – ist Diplom-Biologin mit den Schwerpunktbereichen Zoologie sowie Human- und Cytogenetik. Auf das Studium und die Arbeit für das Forschungsministerium in der Forschungsförderung folgte eine lange Familienphase. Ab 2002 war sie für 10 Jahre als freie Mitarbeiterin im Krefelder Zoo tätig, seit dem Jahr 2000 arbeitet sie als freie Autorin.

[Unterrichtsmaterial]

Das Literaturprojekt enthält lesebegleitende Arbeitsblätter mit einigen schwierigeren Zusatzblättern zur Differenzierung. Mit abwechslungsreichen Methoden werden die wichtigen Themen „Generationenkonflikt" und „Familie" aufgegriffen. Arbeitsblätter zum Fahrradreifen-Flicken und zur Jugendsprache runden das Angebot ab.

Literaturprojekt zu „Vollhorst!"
Sandy Willems-van der Gieth
4. Kl., 48 S., A4-KV, EUR 14,50 / SFr 20,90, Best.-Nr.: LP93, ISBN 978-3-86740-252-1

Barbara Rath im BVK Buch Verlag Kempen

Der Fall Samson

Nach dem Umzug in ein kleines Dorf ist Jos Kater Samson verschwunden. Gemeinsam mit seinen neuen Freunden macht er sich auf eine spannende Spurensuche.

Mini-Buch ab 8 J., 60 S., **Best.-Nr.: LI21**
ISBN 978-3-86740-028-2, **EUR 2,40**

Der Gurkenvampir

Als in dem kleinen Laden von Toms Eltern plötzlich Löcher in den Gurken sind, legt sich Tom mit seinen Freunden nachts auf die Lauer und findet eine kleine Fledermaus.

Taschenbuch ab 8 J., 96 S., **Best.-Nr.: LI25**
ISBN 978-3-86740-032-9, **EUR 5,90**

Der Rosenkohlpirat

Mark geht mit dem ständig schimpfenden Rosenkohlpiraten in den Kanälen unter der Stadt auf Schatzsuche.

Taschenbuch ab 8 J., 128 S., **Best.-Nr.: LI24**
ISBN 978-3-86740-031-2, **EUR 5,90**

Die tibetanische Rennschnecke

Laura ist ein merkwürdiges Kind und immer allein. Aber dann lernt sie Li Su kennen, eine echte tibetanische Rennschnecke, und die stellt Lauras Leben geradezu auf den Kopf.

Taschenbuch ab 8 J., 128 S., **Best.-Nr.: LI08**
ISBN 978-3-86740-87-7, **EUR 5,90**

weitere Bücher im BVK Buch Verlag Kempen

Armin Kaster
Jakob und die Schnitzelfrösche

Diese Geschichte hat es in sich! Mit viel Tempo, Witz und frechen Dialogen führt sie uns durch das Leben des tragischen Helden Jakob, der letztlich begreift, dass nur er die Situation retten kann.

Hardcover ab 8 J., 108 S., **Best.-Nr.: LI96**
ISBN 978-3-86740-729-8, **EUR 7,90**

Rosi Wanner
Die Karottenbande Band 1
Der Dieb im Schrebergarten

Als ein Dieb den Schrebergarten von Opa Hannes plündert, übernehmen Flocke, Lucy, Paula, Mika und Hund Pfote den Fall sofort. Der erste spannende Fall für die Karottenbande!

Taschenbuch ab 8 J., 128 S., **Best.-Nr.: LI62**
ISBN 978-3-86740-398-6, **EUR 5,90**

Jutta Wilke
Florentine

„Was fressen Schweine eigentlich zum Frühstück?", fragt sich Clemens-Hubertus, nachdem er ein Schwein im Garten entdeckt hat …

Hardcover ab 8 J., 140 S., **Best.-Nr.: LI103**
ISBN 978-3-86740-751-9, **EUR 7,50**

Guido Kasmann
Die Bande der unbekannten Helden – rettet die Welt

Annika staunt: Im Arbeitszimmer ihres Vaters hängen merkwürdige Typen rum – XB-Omega 26 vom Planeten Plexus 3, ein stinkender Zwerg, Kapitän Hammerhaken und Skelett O'Hara …

Hardcover ab 8 J., 152 S., **Best.-Nr.: LI94**
ISBN 978-3-86740-640-6, **EUR 6,90**